光文社文庫

猟犬検事　堕落

南　英男

KOBUNSHA

光　文　社

この作品は二〇〇二年十二月に
刊行された『猟犬検事　堕落』に、
著者が大幅に加筆修正したものです。
この物語はフィクションであり、作品中に登場する
人名や団体名、建物名、事件名などはすべて
実在のものとは一切関係ありません。

目次

猟犬検事　堕落

プロローグ

近くで切迫した叫び声が聞こえた。

若い女性の悲鳴だった。六本木の裏通りだ。

十二月上旬の凍《い》てつく晩である。まだ九時を回ったばかりだが、人の姿は疎《まば》らだった。

最上僚《もがみりょう》は立ち止まって、暗がりを透《す》かして見た。

三つの人影が揉《も》み合っている。男が二人に、女性がひとりだった。三人のそばには、ブロンズカラーのワンボックスカーが見える。

スライドドアは、いっぱいに開かれていた。どうやら二人の男が二十四、五歳と思われる美女を強引に車内に押し込もうとしているようだ。

「おい、何をしてるんだっ」

最上は大声で咎《とが》めた。

男たちが一瞬、顔を見合わせた。だが、どちらも女性の腕を摑《つか》んだまま手を緩《ゆる》めようとはしない。ともに二十七、八歳だろうか。

片方は上背《うわぜい》があり、細身だ。もうひとりは髪をオールバックに撫《な》でつけている。中肉中背だった。

「救《たす》けて！　救けてください。わたし、この男たちに無理やりに車に乗せられそうなんです」

細面《ほそおもて》の美女が怯《おび》えた顔で訴えた。キャメルカラーのウールコートが似合っている。

最上は三人に走り寄った。と、オールバックの男が口を開いた。

「こいつは悪女なんだ」

「悪女だって？」

「ああ、そうだよ。この女はおれたちから百万円ずつ騙《だま》し取ったんだ、結婚話を餌《えさ》にしてな」

「そんな話、でたらめです。わたし、この二人とは一面識もないんですよ。嘘《うそ》じゃありません」

女性がそう言い、最上に縋《すが》るような眼差《まなざ》しを向けてきた。

「彼女は、そう言ってる。事実はどうなんだ？」

最上は男たちを等分《とうぶん》に睨《にら》んだ。二人が相前後して視線を外す。

「一一〇番してもらえませんか」

「その必要はない」

最上は美しい女に言った。オールバックの男が首を傾《かし》げる。

「もしかしたら、おたく、刑事なの!?」

「いや、東京地検刑事部の検事だよ。二人とも、すぐ手を放せっ。言われた通りにしないと、パトカーに乗せられることになるぞ」

「これは民事のトラブルなんだ。警察も検察も介入できないはずだよ」

背の高い男が、したり顔で口を挟《はさ》んだ。

「おまえらの行為は刑法に触れてる。とにかく、手を放すんだ！」

「なんだよ、偉そうに」

オールバックの男が気色《けしき》ばみ、最上の胸倉をむんずと摑んだ。目が尖《とが》っていた。

最上は少しも怯《ひる》まなかった。三十七歳の彼は、ひ弱な検事ではない。筋肉質の体軀《たいく》で、身長も百八十センチ近かった。

最上は学生時代に多国籍格闘技を習っていた。それは、俗にアメリカ空手と呼ばれるマーシャルアーツだった。日本の空手、キックボクシング、韓国のテコンドー、中国のカンフーなどを融合させた新しい格闘技である。突き技と蹴り技が主体になっていた。

「やめとけ、怪我《けが》するぞ」

「カッコつけやがって！」

オールバックの男がいきり立ち、右腕を肩口の近くまで引いた。パンチを繰《く》り出す気になったらしい。

最上は先に二本貫手《ぬきて》で、相手の眼球を突いた。

オールバックの男が呻《うめ》いて、両手で上瞼《うわまぶた》を押さえる。最上は数歩退《さ》がってから走り寄り、前蹴りを放った。狙ったのは膝頭《ひざがしら》の上の内腿《うちもも》だ。意外に知られていないが、そこは急所の一つだった。相手が横倒しに転がった。

「この女がどうなってもいいのかっ」

上背のある男が喚《わめ》いた。その右手には、大型カッターナイフが握られている。寝かされた刃は、美女のほっそりとした首筋に押し当てられていた。

女性が身を竦《すく》めた。頬《ほお》は恐怖で引き攣《つ》っている。

「ばかな真似《まね》はよせ」

「うるせえ！　おれたちの邪魔をするな」

背の高い男が女性を乱暴に払いのけ、前に踏み出してきた。

最上は動かなかった。目で、間合《まあ》いを測《はか》る。二メートルも離れていない。

相手がカッターナイフを一閃《いっせん》させた。

空気が裂《さ》け、刃がきらめいた。吐かれた白い息が拡散する。

最上は横に跳《と》んで、中段回し蹴りを見舞った。黒いダウンコートの裾《すそ》が大きく翻《ひるがえ》った。

長身の男が横に吹っ飛んだ。弾《はず》みで、大型カッターナイフが手から零《こぼ》れ落ちる。

最上は相手の出方を待った。

上背のある男が半身を起こし、刃物に手を伸ばした。すぐに最上は踏み込んで、相手の顎《あご》を蹴り上げた。骨が鈍く鳴る。

カッターナイフを振り回した男が引っくり返り、体をくの字に丸めた。口の端が赤い。血だった。舌を嚙《か》んでしまったのだろう。

「くそっ」

オールバックの男が起き上がり、相棒に駆け寄った。

二人は何か短く言い交わした。上背のある男がカッターナイフを拾い上げ、ゆっくりと立ち上がった。

「まだ懲《こ》りないのか」

最上は、どちらにともなく言った。

二人は黙したままだった。オールバックの男が、慌《あわ》ただしくワンボックスカーの運転席に乗り込んだ。相棒はリア・シートに坐《すわ》った。

　ワンボックスカーが急発進する。スライドドアは開いたままだ。

　最上は逃げる車のナンバーを頭に刻みつけた。じきにワンボックスカーは闇《やみ》に呑《の》まれた。

「ありがとうございました」

　美女が深々と頭を下げた。

「怪我は？」

「ありません」

「逃げた二人組は、不意に路上で襲いかかってきたんだね？」

「ええ、そうです。でも、もしかしたら、彼らは最初っから、わたしを拉致《らち》する気だったのかもしれません。研究所の近くで、さっきのワンボックスカーを見かけましたので」

「研究所？」

　最上は訊《き》き返した。

「あっ、ごめんなさい。わたし、バイオ関係の研究所のスタッフなんです。石神《いしがみ》といいます。検事さん、お名前を教えていただけませんでしょうか。後日、改めてお礼に伺《うかが》わせてもらいますので」

「そんな気遣《きづか》いは無用ですよ。こっちは当然のことをしただけだからね。それより、警察に被害届を出す気があるなら、証人になりましょう」

「いいえ、事を大きくするのは……」

相手がためらいを見せた。

「そういうことなら、今夜のことは早く忘れるんですね」

「はい」

「それじゃ、気をつけて！」

最上は片手を挙げ、大股で歩きだした。

逃げた二人組の目的は何だったのか。一年あまり前から続発している卵子強奪事件と何か関《かか》わりがあるのだろうか。

最上は歩きながら、ふと思った。

首都圏に住むＩＱの高い美女たちが相次いで正体不明の男たちに拉致され、麻酔をかけられて、無断で卵子を抜き取られた。被害者は三十一人にのぼる。揃《そろ》って二十代の半《なか》ばだった。なぜか、誰も性的な暴行は受けていない。いずれも卵子を奪われた後、拉致現場に放置されていた。

それぞれの事件には目撃証言があり、遺留品も少なくない。それなのに、いまも犯人グループは検挙されていなかった。

マスコミはこぞって、不可解な連続卵子強奪事件をしばしば報じている。そのため、若い女性たちは怯え戦《おのの》いていた。当然だろう。

最上は捜査当局のスローモー振りに苛立《いらだ》ちを覚えていた。

彼は人一倍、正義感が強い。それだから、検事になったわけだ。十代のころはグレていたが、思うところがあって改心したのである。

司法試験に合格したのは二十四歳のときだった。二年間の司法修習を経《へ》て、憧《あこが》れの職業に就《つ》いた。最上は浦和地検、名古屋地検と移り、ちょうど三十歳の春に東京地検刑事部配属になった。いつの日か、特捜部で巨悪と闘える日を夢見ながら、真面目《まじめ》に職務に励んだ。毎日が充実していた。

だが、人生はシナリオ通りにはいかなかった。

最上は思いがけない形で、自らエリートの途《みち》を閉ざしてしまったのだ。彼は功を急ぐあまり、ある贈収賄事件の証人に暴力を振るい、口を割らせようとした。

そのことが問題となり、最上は刑事部の事件係から外された。四年も前の出来事だ。身から出た錆《さび》とはいえ、ショックは大きかった。特捜部の検事になるという夢は潰《つい》えた。

最上は、すっかり労働意欲を失った。ペナルティとして与えられた職務は、単調で退屈だった。最上は主に東京地検に寄せられた告発状や投書に目を通し、捜査対象を見つけている。

しかし、告発は私怨絡《しえんがら》みの中傷や妬《ねた》みが多い。捜査に乗り出せるような事案は少なかった。たまに上司から指示される担当事件は、窃盗《せっとう》や詐欺《さぎ》の類《たぐい》ばかりだった。

そんなことで、最上は冴《さ》えない日々を送っていた。上司や同僚とも、しっくりいっていない。職場では、〝腑《ふ》抜け検事〟などと陰口をたたかれていた。

最上には裏の顔があった。

実は関東仁勇会深見《じんゆうかいふかみ》組の三代目組長だった。といっても、非公式の隠れ組長だ。盃事《さかずきごと》はしていない。関東仁勇会関係者だけしか知らないことである。他界した二代目組長の深見隆太郎《りゅうたろう》は命の恩人だった。父親のような存在でもあった。

最上が生まれて半年後、両親は離婚した。父が不倫相手と駆け落ちして、母と別れたのである。母の珠江《たまえ》は一人息子と一緒に都内にある実家に戻って、両親の力を借りつつ懸命に子育てにいそしんだ。

だが、重圧に耐えられなかった。母は将来に不安を覚え、息子と入水《じゅすい》自殺を図ろうとした。それを留《とど》まらせたのが、たまたま近くにいた深見隆太郎だった。母子は命を救われた。

そのとき、最上は三歳だった。当時の記憶はないに等しい。それから三十数年、深見は最上と母を支えてくれた。受けた恩は大きい。

深見の実父が結成した深見組は東京の文京区根津に組事務所を構えている。組長の自宅を兼ねていた。深見組は組員二十七人の弱小博徒集団だ。組員の平均年齢も四十五歳と高い。

二代目組長を務めていた深見隆太郎が病死したのは二年前である。深見組長は周囲の者に最上の母親を〝内縁の妻〟と語り、最上のことは〝隠し子〟と言っていたようだ。それは事実ではない。深見の作り話である。離婚歴のある二代目は子宝に恵まれなかった。母と最上は恩義に報いたくて、二代目組長と〝家族ごっこ〟を演じてきた。恩返しの真似事だった。

深見隆太郎は生前、自分の組を解散するつもりでいた。最上は恩人の遺言音声を聴いて、跡目を継ぐ気になったのだ。実は、いまも深見組三代目の席は埋まっていない。代貸《だいがし》の亀岡《かめおか》忠治《ちゆうじ》が組長代行を務めている。

二十七人の組員は古いタイプの博奕打《ばくち》ちばかりで、揃《そろ》って世渡りが下手だった。

二代目はそんな組員たちの行く末を案じ、面倒を見てきた最上に各人五千万円の独立資金を与えるまでは組を解散しないでほしいと言い遺《のこ》した。総額で十三億五千万円だった。

一介の検事が調達できる金額ではない。だからといって、深見隆太郎に仕えてきた不器用な組員たちをドライに見捨てることはできなかった。

そんなことで、最上は陰の三代目組長を引き受けることにしたわけだ。そして、故人の助言に従って救いようのない極悪人から金を脅し取るようになった。

すでに最上は、腹黒い政財界人たちから併《あわ》せて約八億円をせしめている。あと五億五千万円を工面《くめん》できれば、二十七人の組員はそれぞれ堅気《かたぎ》になれるだろう。

それまで最上は裏稼業をつづけるつもりでいる。法の番人である自分が恐喝屋に成り下がったことには後ろめたさを感じていたが、恩人の遺言を無視することはできない。

数分歩くと、六本木プリンセスホテルに着いた。

最上はエレベーターで最上階に上がった。カクテルラウンジに足を踏み入れると、窓際のテーブル席にいる露木玲奈《つゆきれいな》が軽く右手を挙げた。最上は笑顔で応《こた》えた。

玲奈は最上の交際相手だ。二十九歳だった。東京国税局査察部の査察官である。

その美貌《びぼう》は人目を惹《ひ》く。知的な面立《おもだ》ちだが、みじんも冷たい印象は与えない。それどころか、妖艶《ようえん》でさえあった。プロポーションも申し分なかった。

三年数カ月ほど前、最上は大物財界人の悪質な脱税を立件する目的で東京国税局に協力を要請した。

そのとき、玲奈が査察に同行してくれたのである。最上は、凜《りん》とした生き方をしている玲奈に魅《み》せられた。玲奈も最上に好意を示した。こうして二人は恋仲になったわけだ。

玲奈は週に一、二度、飯田橋《いいだばし》にある最上の自宅マンションで朝を迎えている。玲奈が借りているマンションは代々木上原《よよぎうえはら》にあった。

きょうも魅力的だ。

最上は何か誇らしい気持ちで、玲奈のいる席に急いだ。

第一章　謎の連続卵子強奪

1

光の帯が幻想的だ。

最上は窓辺から、眼下の首都高速道路を眺めていた。午後十一時過ぎである。

六本木プリンセスホテルの二十階の一室だった。カクテルラウンジを出たのは、数十分前だ。

最上は部屋に入ると、すぐに熱めのシャワーを浴びた。その後、玲奈がシャワーを使っている。最上は茶色いバスローブをまとっていた。

二人は月に一、二度、シティホテルで濃密な時間を過ごす。新鮮な気分で、情事に耽《ふけ》りたいからだ。

肌を重ねる場所がいつも同じだと、どうしても秘め事がマンネリ化する。ムードが盛り上がらない。わざわざホテルに宿泊するのは、情事をリフレッシュさせるためだった。

それなりの効果はあった。

シチュエーションが違うだけで、相手が妙に初々《ういうい》しく見えてくる。胸のときめき方も違う。

最上は白いレースのカーテンを引き、厚手のドレープ・カーテンで窓を閉ざした。二十畳ほどのツインベッドルームは、ほどよく暖められている。

最上はコンパクトなソファに腰かけ、セブンスターをくわえた。紫煙をくゆらせていると、バスルームのドアが開いた。

姿を見せた玲奈は、純白のバスローブをまとっていた。髪はアップにまとめられている。

玲奈が心得顔で髪の毛を下ろした。

最上は喫いさしの煙草《たばこ》の火を揉《も》み消し、ソファから立ち上がった。

「何か飲む？」

「ううん、いまは何も欲しくないわ」

玲奈が最上の前にたたずんだ。

最上は玲奈を抱き寄せ、愛らしい唇をついばみはじめた。玲奈が軽く吸い返してくる。

ほどなく二人は舌を深く絡めた。最上はディープキスを交わしながら、玲奈のバスローブを脱がせた。柔肌は、わずかに湯の湿《しめ》りを残していた。

玲奈が最上のバスローブのベルトを緩《ゆる》め、大胆にもペニスをいきなり摑んだ。まだ最上の体はめざめていなかった。

玲奈が最上の硬く引き締まった尻を片手で撫で回しながら、男性器の根元を断続的に握り込む。最上は、たちまち反応した。急激に昂《たか》まる。

「ベッドに連れてって」

玲奈が顔を離し、甘やかな声でせがんだ。

最上は玲奈を水平に抱え上げ、窓寄りのベッドまで運んだ。すでにブランケットは大きく捲《めく》ってあった。最上は玲奈を仰向《あおむ》けに横たわらせると、手早くバスローブを脱ぎ捨てた。部屋のメインライトを消すと、フットライトがベッドを浮き立たせた。

最上はベッドの際《きわ》に立ち、改めて玲奈の裸身を眺めた。

色白で、肌理《きめ》が濃《こま》やかだ。砲弾を想《おも》わせる乳房は誇らしげに天井を向いている。淡紅色《うすべに》の乳首は硬く張りつめていた。

最上は優しく胸を重ねた。乳房が弾む。ラバーボールのような感触だった。

玲奈が両腕を最上の首に回す。最上は玲奈の唇を吸いつけた。すぐに玲奈が舌を伸ばしてきた。二人は舌を絡《から》め合った。

最上は長いくちづけを中断させ、唇をさまよわせはじめた。

項《うなじ》や鎖骨のくぼみをなぞり、耳朶《みみたぶ》を甘咬《が》みする。舌の先で耳の奥をくすぐると、玲奈は身をくねらせた。

最上は体を少しずつ下げはじめた。

玲奈の肩口、腋《わき》の下、二《に》の腕《うで》に唇を這《は》わせ、胸の蕾《つぼみ》を口に含んだ。乳首を刺激しながら、もう片方の隆起をまさぐる。

玲奈が切なげな声をあげ、わずかに背を反らした。いつの間にか、彼女は最上の頭髪をいとおしげに梳《す》き、肩を撫でていた。

最上は乳房を揉みながら、柔らかな肌に口唇と指を滑走させた。

逆三角形に繁《しげ》った飾り毛は艶《つや》やかだった。まるでオイルをまぶしたように光沢があった。

最上は頃合を計って、翳《かげ》りの下でひっそりと息づいている突起に触れた。

それは痼《しこ》っていた。芯《しん》の部分には真珠のような塊《かたまり》が潜《ひそ》んでいる。

「わたしも、あなたに触れたいわ」

玲奈が小声で言った。声には、羞恥心《しゅうちしん》が込められていた。

最上は添い寝の姿勢をとった。ほとんど同時に玲奈の右手が股間に伸びてきた。最上は男性器を包まれた。玲奈の指が動きはじめた。

最上は、玲奈の合わせ目を指先で捌《さば》いた。複雑に折り重なった襞《ひだ》を探《さぐ》ると、熱い潤《うる》みがあふれた。最上は愛液を性感帯に塗り拡《ひろ》げ、ひとしきり双葉を擦《こす》り合わせた。

「恥ずかしい音を聴かせないで」

玲奈が小声で言い、ペニスをしごいた。

最上は意図的《いとてき》に最も感じやすい部分には指を近づけなかった。内腿を撫で、脚《あし》の付け根を指先でなぞる。焦《じ》らしのテクニックだ。

最上は頃合を計って、指を伸ばした。抓《つま》み、揺さぶり、圧《お》し転がす。

一分ほどで、玲奈は最初の極《きわ》みに駆け昇った。悦《よろこ》びの声は唸《うな》りに近かった。声は長く尾を曳《ひ》いた。体の震えもリズミカルだった。顔は左右に振られつづけた。

最上はGスポットとクリトリスを同時に愛撫しはじめた。玲奈が喘《あえ》ぎ、なまめかしく呻《うめ》いた。

そうこうしているうちに、彼女は二度目のエクスタシーに達した。凄《すさ》まじい乱れようだった。

胎児のように幾度も裸身を縮めた。

さすがに胸苦しそうだった。最上は体を起こし、玲奈のかたわらに身を横たえた。すると、玲奈がむっくりと起き上がった。

「少し休めよ」

最上は声をかけた。

玲奈は無言で首を振った。よく光る黒曜石のような瞳には、うっすらと紗《しゃ》がかかっていた。セクシーだった。玲奈は最上の腰の横にひざまずくと、せっかちに陰茎《いんけい》に唇を被《かぶ》せた。最上は喉の奥で小さく唸《うな》った。生温かい舌がなんとも心地よい。

玲奈は口唇愛撫に熱を込める。

最上は巧《たく》みな舌技を受けているうちに、オーラルプレイを省略して体を繋《つな》ぎたくなった。それほど昂《たか》まっていた。上体を起こし、玲奈を組み敷く。枕とは反対側だった。玲奈が恥じらいつつ、ゆっくりと両膝を立てる。

最上は、反り返ったペニスを沈めた。

玲奈の体は熱くぬかるんでいた。それでいて、隙間《すきま》がない。

最上は腰を躍《おど》らせはじめた。
六、七度浅く突き、一気に深く沈む。玲奈は、そのリズムパターンが好きだった。奥に分け入るたびに、いつも息を詰まらせる。その後、きまって絶《た》え入りそうな声を洩らした。
最上は両肘《りょうひじ》で自分の体を支え、玲奈の唇を塞《ふさ》いだ。

少し経《た》つと、玲奈が控え目に迎え腰を使いはじめた。埋めたペニスは捩《よじ》られ、捏《こ》ねくり回された。最上は強弱をつけながら、抽送《ちゆうそう》しつづけた。

数分後、急に玲奈が体を硬直させた。次の瞬間、高波にさらわれた。

迸《ほとばし》った愉悦《ゆえつ》の声は、どこかジャズのスキャットに似ていた。その後は呪文《じゆもん》のような声が長くつづいた。

最上はラストスパートをかけた。

それから間もなく、体の奥から快感の波が押し寄せてきた。不意に背筋が浮き立ち、何かが駆け抜けていった。

脳天が痺《しび》れた。

最上は、溜《た》めに溜めていたエネルギーを放った。射精感は鋭かった。

二人は余韻《よいん》を汲《く》み取ってから、静かに結合を解《と》いた。玲奈はぐったりと動かなくなった。

最上は玲奈に身を寄り添わせ、後戯を施《ほどこ》した。胸の波動が小さくなると、玲奈はバスルームに向かった。

最上はフラットシーツに腹這《ば》いになり、セブンスターをくわえた。情事の後の一服は、いつも格別にうまい。

最上はゆったりと紫煙をくゆらせた。

十分ほど経つと、玲奈が戻ってきた。最上はベッドから降り、浴室に足を向けた。

バスルームを出ると、玲奈はソファに腰かけていた。素肌にバスローブを羽織《はお》っている。

「場所が変わると、やっぱり新鮮ね」

「そうだな」

最上はバスローブを着込み、腰に巻いたタオルを外した。

「ね、仕事は忙しいの？」

「窓際族のおれをからかってるのか？　だとしたら、あまりいい趣味じゃないな」

「別に他意はなかったの。特に忙しくなかったら、わたしの高校時代の後輩の力になってもらえないかしら」

「後輩って、男かい？」

「ううん、二学年下の女性よ。神崎恵美《かんざきえみ》という名で、わたしの実家のある藤沢《ふじさわ》市内に住んでるの。美人版画家よ」

「その彼女、悪い男に泣かされてるんじゃないのか」

「ううん、そんなんじゃないの。僚さん、連続卵子強奪事件のことは当然、知ってるわよね？」

玲奈が確かめた。

「おい、おい！　おれは、これでも現職検事だぜ」

「怒らないで。単なる確認だったんだから」

「もちろん、本気で怒ったわけじゃないよ。それより、その神崎恵美って後輩も正体不明の奴らに麻酔で眠らされて、卵子を抜き取られたのか？」

最上は問いかけてから、玲奈の真ん前のソファに腰を落とした。

「ええ、そうらしいの。先月の中旬に東京で仕事の打ち合わせを済ませた後、路上で二人組の男に車の中に引きずり込まれて麻酔注射をうたれたみたいなの」

「卵子を奪われたことは、いつ知ったのかな？」

「拉致された翌日、彼女、産婦人科医院に行ったそうなの。昏睡《こんすい》状態のとき、てっきりレイプされたと思ったらしいのよ」

「で、どうだったんだい？」

「診断によると、穢《けが》された痕跡はなかったそうよ。体内から精液は検出されなかったし、スキンのゼリー液の残滓《ざんし》もなかったらしいわ。ただ、輸卵管の傷から、卵子を抜き取られた疑いがあると言われたんですって」

「神崎恵美という後輩は、警察に被害届を出したのかな」

「彼女、最初は警察に駆け込むつもりでいたみたいなの。でも、一部の週刊誌が一連の卵子強奪事件のことを面白おかしく書きたててるでしょ？」

「そうだな」

「恵美は自分が興味本位に取材されたりするのは耐えられないからって、結局、被害届は出さないことにしたそうなのよ」

玲奈が言った。

「被害内容が内容だから、美人版画家のほかにも泣き寝入りしてしまった女性が何人もいるんだろうな」

「そう思うわ。恵美は警察には駆け込まなかったけど、犯人たちには烈《はげ》しい憤《いきどお》りを感じてるようよ」

「それは当然だろうな」

「恵美は泣き寝入りするのは腹立たしいから、個人的に犯人を捜す気になったんだって。それで彼女、わたしに電話をしてきて、刑事上がりの私立探偵を知らないかって訊いたのよ。そのとき、僚さんのことが脳裏を掠《かす》めたのだけど、勝手にわたしが安請け合いをするわけにいかないんで、心当たりに打診してみると答えておいたわ」

「そう。その後輩とはかなり親しくしてるのかい？」

「恵美は部活の後輩でもあったの。わたしが高校の美術クラブの部長をやってるとき、彼女が新入部員としてクラブに入ってきたのよ。お互いの自宅が近いということもあって、卒業後も年に三、四回は会ってるの」

「そういう後輩なら、協力を惜《お》しむわけにはいかないな。それにさっき、六本木プリンセスホテルの近くで、たまたま拉致されかけてた若い女性を救ったんだよ」

最上はそう前置きして、詳しい話をした。

「そのバイオ研究員も美人だったのね？」

「ああ、美女だったな」

「それなら、きっと卵子を狙われたにちがいないわ。恵美はきれいだし、頭もいいの。現役で芸大に合格したから、画才だけに恵まれてるんじゃない」

「神崎恵美さんは、まだ独身《シングル》なんだろう？」

「ええ、そうよ。ご両親と湘南《しようなん》の藤沢で一緒に暮らしてるの。でも、恵美は東京にアトリエを借りてるから、あなたが一肌脱いでくれるんだったら、そのマンションで会えるよう段取りをつけるわ」

「そうしてもらえると、ありがたいな」

「それで、いつ恵美に会ってもらえそう？」

「明日にでも早速、会ってみるよ」

「僚さん、ありがとう」

玲奈が改まって謝意を表した。

最上は少しばかり後ろめたかった。連続卵子強奪事件に首を突っ込む気になったのは、単に玲奈の顔を立てたかったからではない。犯人を割り出せば、いくばくかの金を強請《ゆす》れると判断したのだ。正義感に衝《つ》き動かされたことも否定できない。

「ね、逃げたワンボックスカーのナンバーは憶《おぼ》えてるの？」

玲奈が問いかけてきた。

「ああ。明日、ナンバー照会してみるよ。しかし、おそらく盗難車だろうな。そうじゃなければ、偽造ナンバープレートを使ったんだろう。最近の犯罪者たちは、割に悪知恵を絞ってるからな」

「そうだとしたら、その線から何か手がかりを得ることは難しそうね。あら、わたしったら、捜査関係者みたいなことを言っちゃった。僚さん、聞き流してね」

玲奈が首を竦《すく》めて、小さく笑った。色っぽい笑顔だった。

最上は顔を綻《ほころ》ばせた。

2

生欠伸《なまあくび》が止まらない。

最上はブラックコーヒーを飲んだ。職場の自席に坐っていた。

東京・霞が関一丁目にある中央合同庁舎第6号館A棟の東京地検刑事部フロアだ。

昨夜は、わずか二時間弱しか寝ていない。玲奈は生理が近づいているようで、三度も最上の体を求めた。なぜだか彼女は、生理前には性欲が強くなる。烈《はげ》しく最上の体を貪《むさぼ》り、ふだんは見せない大胆な痴態も晒《さら》した。新鮮だった。

最上は欲情を煽《あお》られ、自らも獣になった。おかげで、眠くてたまらない。

午前十一時過ぎだった。刑事部フロアは静まり返っている。部屋には、馬場正人《ばばまさと》部長しかいなかった。同僚検事たちは全員、出払っていた。

いまごろ玲奈も、築地にある職場で眠気を堪《こら》えているのではないか。六本木プリンセスホテルをチェックアウトしたのは午前九時前だった。

玲奈は地下鉄を使って、勤務先に向かった。最上はタクシーで飯田橋にある自宅マンションにいったん戻ってから、マイカーで登庁した。

職場に着いたのは十時過ぎだった。明らかに遅刻である。

しかし、誰にも咎《とが》められなかった。部長や同僚たちは最上の存在をほとんど無視していた。

A棟には、東京区検、東京地検、東京高検、最高検が同居している。

一階には事務部門が設けられ、二階は区検のフロアだ。地検は三、四、五階の三フロアを使い、六階は高検のフロアである。最高検は七、八階を使用していた。

花形の東京地検特捜部は別棟の九段合同庁舎を使っている。検事調室がずらりと並び、いつも冷たい空気が漂っていた。

特捜部は財政班、経済班、特殊・直告班に分かれ、四十人のエリート検事が働いている。

彼らの補佐役を務めているのが副検事と検察事務官だ。

瞼《まぶた》が重い。最上は大欠伸《おおあくび》をした。離れた席にいる馬場部長が目敏《めざと》く見つけ、不快そうな表情になった。

「おっと、失礼！　きのうは徹夜で翻訳小説を読んでしまったもんですから」

「結構なご身分だね」

「本部事件係の連中は忙しそうだな。なんだったら、何かお手伝いしましょうか？」

「いや、それはまずい。わたしの一存で、きみを事件係に復帰させるわけにはいかないからな」

「それはそうでしょうね。それにしても、退屈だなあ」

「最上君、ちゃんと告発状や投書に目を通してるのか?」

「ええ、すべて読んでますよ。しかし、個人攻撃ばかりで、捜査対象になる告発は一件もありません」

「そうかもしれないが、たまには一般市民からの告発で捜査に乗り出さないとね。警察から送致される事件ばかりを扱ってると、マスコミに地検は怠慢《たいまん》だと叩かれかねない」

「そのときは、こちらがちゃんと釈明しますよ。部長、それでいいんでしょ?」

「最上君、きみはよく突っかかるような物言《ものい》いをするが、例のことでわたしをまだ逆恨《さかうら》みしてるようだな」

「例のこと?」

「きみを事件係から外したことだよ。きみが殴りつけた被疑者はクロだった。わたし個人は一、二カ月の減俸処分で充分だと思っていたんだが、政府筋の意向は無視できない。それで渋々、きみを閑職に追いやった。わたしの辛《つら》い立場も少しはわかってほしいね」

「わかってますよ。部長のことは頼りになる上司だと、常々、思ってます」

最上は皮肉たっぷりに言った。馬場が憮然《ぶぜん》とした顔で書類に目を落とした。

ちょうどそのとき、最上の上着の内ポケットでスマートフォンが震えた。

液晶ディスプレイを見る。発信者は玲奈だった。

「きのうはお疲れさま！　張り切りすぎたんで、全身の筋肉が痛くって」

「この電話、職場からかけてるのか？」

「ええ、そうよ。何か問題がある？」

「近くにいる同僚たちが聞き耳を立ててるかもしれないぞ」

「そうかもね。でも、どうってことないわ。わたしは独身《シングル》なんだから、どこで誰と何をしてもいいわけでしょ？」

「それは、その通りだが……」

「僚さんが常識派だとは思わなかったわ。わたしたちは夜通しスポーツジムで汗を流しただけでしょ？　それなのに、どうしておどおどしなきゃいけないの？」

「まいりました。わたしが悪《わる》うございました」

最上はおどけて、時代がかった詫《わ》び方をした。玲奈がくすっと笑い、声のトーンを落とした。

「いま恵美に連絡を取ったの。彼女、午後二時に東京のアトリエで待ってるって。そちらの都合はどう？」

「大丈夫だよ。美人版画家のアトリエはどこにあるのかな？」

「港区元麻布《もとあざぶ》よ」

「住所と部屋番号を教えてくれないか」

最上はメモを執《と》る用意をした。

玲奈が質問にゆっくりと答える。最上はボールペンを走らせ、メモを引き千切《ちぎ》った。

「それじゃ、恵美にあなたが二時にアトリエを訪ねるとメールしておくわ」

「ああ、頼む。ところで、おれたちのことは神崎恵美さんにどう話したんだ？」

「正直に話したわよ、親密な間柄だって」

「そうか」

「それじゃ、よろしく！」

玲奈が先に電話を切った。

最上はスマートフォンを懐《ふところ》に戻した。その直後、刑事部フロアに菅沼直昭《すがぬまなおあき》が入ってきた。三年以上前からコンビを組んでいる検察事務官だ。三十歳の菅沼は、直情型の好青年である。

最上は登庁したとき、内線電話で菅沼に昨夜のワンボックスカーのナンバー照会を頼んだ。その報告だろう。

菅沼が最上の席の横にたたずんだ。

「最上検事、やはり盗難車でしたよ。検事から聞いた問題のワンボックスカーの所有者は練馬区に住む飲食店経営者だったんですが、一年以上も前に車を盗まれてました。被害届も出されています」

「そうなのか。悪かったな。菅沼君、ちょっと外に出よう」

最上は立ち上がって、菅沼とともに刑事部フロアを出た。エレベーターで一階ロビーに降りると、前方から旧知の刑事がやってきた。

警視庁捜査一課の綿引伸哉《わたびきのぶや》だ。四十歳で、小柄である。しかし、敏腕刑事として知られていた。

「やあ、綿引《ワタ》さん」

最上は話しかけた。

「検事殿、お久しぶりです。お元気そうで何よりです」

「その検事殿という言い方、いい加減にやめてほしいな。あなたのほうが三つも年上なんですから」

「そうですが、当方は格下ですんでね。そちらは数少ない検事殿で、こちらは掃《は》いて捨てるほど大勢いる警部補です。力関係は明らかに検事殿のほうが強い。検察官は必要ならば、われわれ刑事を手足として使えるわけですから」

「また、その話ですか。もっとフランクにつき合いましょうよ」

「そうはいきません。あなたと当方は同格じゃありませんのでね。それはそうと、お二人お揃いでどちらにお出かけなんです？」

綿引が上目遣《うわめづか》いに問いかけてきた。

「早目に昼飯を喰《く》いに行くところです。よかったら、綿引《ワタ》さんも一緒にどうです？」

「せっかくのお誘いですが、これから田所《たどころ》検事のとこに行かなければならないんですよ」

「田所検事は確か先月、銀座で発生した闇金融絡みの殺人事件を担当してたんじゃなかったっけな」

「ええ、そうです。やくざ者同士が派手にドンパチやって、一方のリーダー格の男が射殺されました。本来は組織犯罪対策《ソタイ》部の領分なんですが、たまたま犯人をわたしが逮捕《パク》ったんで、地検通いを命じられたんですよ」

「そうだったのか。そういうことでしたら、無理強《じ》いはしません。次の機会に一緒に飯を喰いましょう」

最上は綿引に言って、目顔《めがお》で菅沼を促《うなが》した。

二人は表に出た。そのとき菅沼が口を開いた。

「綿引刑事は何年か前に指名手配中の強盗殺人者を追いつめたとき、逆上した相手に発砲されたんだそうですね？」

「そうなんだ。だから、綿引《ワタ》さんはとっさに撃ち返した。犯人の肩口を狙ったらしいんだが、銃弾は頭部に命中してしまったんだよ。相手は即死だった」

「正当防衛が認められて、綿引刑事は罰せられなかったんでしょ？」

「そうなんだ。だが、職務上だったとはいえ、人ひとりを殺した事実は重い。綿引さんに射殺された指名手配犯には、若い奥さんと二歳の娘がいたんだ。噂《うわさ》によると、綿引さんは月々の俸給の中から十万円を強盗殺人犯の遺児に送り届けてるらしい」

「ぼくも、その話は聞いたことがあります。そのことは、事実なんですかね？」

「噂の真偽を確かめたことはないが、おれは事実だと確信してる。綿引さんは誠実で、気骨のある漢《おとこ》だから」

「綿引刑事は検察庁の人間にライバル意識を持ってるようだけど、ぼくも嫌いじゃありませんん」

「そうか。日比谷公園内にあるレストランで昼食を奢《おご》るよ」

最上は菅沼の肩を軽く叩いて、近くの日比谷公園に足を向けた。
五、六分で、目的のレストランに着いた。まだ正午前とあって、客の姿は少なかった。
二人は隅のテーブル席に着き、ハンバーグライスとコーヒーを注文した。ウェイターが遠ざかると、最上は前屈《まえかが》みになった。

「実は、きみに頼みたいことがあるんだ」

「ああ、やっぱりね。なんとなくそうじゃないかと思ってたんですよ。で、どんな頼みなんでしょう？」

「およそ一年前から若い知性派美人たちが相次いで何者かに拉致されて、卵子を無断で抜き取られたよな」

「ええ、そうでしたね。おそらく犯人たちは、ここがおかしいんでしょう」

菅沼が自分の頭を指さした。

「なぜ、そう思う？」

「レイプ目的の拉致なら、わかりますけど、卵子を強奪したって意味ないでしょ？」

「そうだろうか。菅沼君、精子バンクがあることは知ってるよな」

「ええ。そうか、犯人たちは卵子バンクを作る気なんですかね？」

「そのあたりのことはまだ何とも言えないが、非合法な卵子バンクを作ろうとしてる人間がいるのかもしれないぞ。これまでの被害者は知能指数の高い美女ばかりだった」

「ええ、そうでしたね。優生思想に取り憑《つ》かれた偏狭《へんきょう》な連中が人工的にあらゆる面で優《すぐ》れた人間を誕生させて、世の中にあまり役に立たない人々を大量に抹殺する気なんでしょうか」

「二十一世紀にヒトラーみたいな歪《ゆが》んだ人間が出現するとは思えない。仮に非合法な卵子バンクがあるとしたら、それは単なるダーティー・ビジネスなんだろう。それはともかく、警視庁管内の所轄署から卵子強奪事件の捜査資料を集めてもらいたいんだ」

最上は言った。

「わかりました。午後からでも、早速、捜査資料を集めます」

「ひとつ頼む」

「最上検事、なぜ連続卵子強奪事件に興味を持たれたんです？」

菅沼が質問した。

「実は間接的な知り合いが先月、被害に遭《あ》ったようなんだ。それ以上、詳しいことは話せないな」

「わかりました。それで、最上検事は非公式に一連の事件のことを捜査する気になったんですね」

「そうなんだ。だから、捜査資料は知り合いの刑事から極秘に集めてほしいんだよ。必要なら、おれの名前を出してもらってもかまわない。ただ、あくまでも地検で扱ってる事件《ヤマ》の参考資料として使うと言ってほしいんだ。そうじゃないと、きみにも迷惑がかかることになるんでな」

「その点は、うまくやりますよ。それはそうと、最上検事、そろそろ手の内を見せてくれませんか。単に退屈しのぎに悪人狩りをしてるわけじゃないんでしょ？」

「菅沼君、何を言いだすんだ⁉　おれが何か危《ヤバ》いことをしてるとでも思ってるのか」

最上は内心の狼狽《ろうばい》を隠し、努《つと》めて平静に言った。

「検事が隠れ三代目組長になったのは、二十七人の組員たちを更生させるためだったんでしょ？　深見組の人たちを一般社会でやり直しさせるには、自立資金のようなものが必要ですよね。元やくざがたやすく就職できるとは思えません」

「きみは何が言いたいんだい？」

「はっきり申し上げましょう。最上検事は悪党退治をするついでに、弱みのある奴から口止め料めいたものを脅し取ってるんではありませんか？」

「菅沼君、おれは現職の検事だぜ」

「そんなふうに警戒しないでください。ぼくは、最上検事を咎《とが》めてるんじゃないんです。仮にあなたが悪人どもからお金を脅し取ってたとしても、別段、非難しません。それどころか、個人的には何かお手伝いしたい気持ちなんです」

菅沼が真顔《まがお》で言った。

「きみは何か思い違いしてるようだ。おれは法網《ほうもう》を巧《たく》みに潜《くぐ》り抜けてる奴らを個人的に裁《さば》いてるだけで、口止め料なんか一度も要求したことはない」

「まだ最上検事は、ぼくを全面的には信用してくれてないんだな」

「おれは、きみを信じてるよ。しかし、きみこそ、おれを信用してないんじゃないのか？」

「えっ、どうしてです⁉」

「きみは、おれが恐喝めいたことをしてると疑ってる。おれの言葉をすんなり信じられないってことは、つまり……」

「根拠があるわけでもないのに、最上検事を疑ったりして、申し訳ありませんでした。謝ります」

「もういいんだ。それより、頼んだことをよろしくな」

最上は穏《おだ》やかに言った。空とぼけつづけたのは、別に保身からではない。

裏稼業のことを正直に打ち明けたら、菅沼は本気で助手を買って出るだろう。彼を仲間に引きずり込むわけにはいかない。最上なりの思い遣《や》りだった。

少し待つと、ハンバーグライスが運ばれてきた。

「遠慮なく喰ってくれ」

最上は菅沼に言った。

菅沼がいつもの顔つきでうなずき、ナイフとフォークを手に取った。

最上はひとまず安堵《あんど》して、膝の上にナプキンを拡《ひろ》げた。

3

大使館が目立つ。

元麻布の住宅街だ。最上はスカイラインを低速で走らせていた。車体の色は、オフブラックだった。

あと六分で、約束の午後二時になる。

百メートルほど進むと、九階建ての洒落《しやれ》たマンションが目に留《と》まった。美人版画家のアトリエのある『元麻布アビタシオン』だった。

最上は車をマンションの際に寄せた。ドアをロックして、集合インターフォンの前まで歩く。

神崎恵美の部屋は六〇六号室だ。テンキーで部屋番号を押すと、スピーカーから女性の声で応答があった。

最上は名乗った。

「初めまして、神崎です。露木先輩のご紹介で、いろいろお世話になります」

「ここは、オートロック・システムですよね？」

「はい。いますぐロックを解除します。部屋の玄関ドアも開けておきますので、そのままどうぞ六階にお上がりください」

「それじゃ、お邪魔します」

「お待ちしています」

スピーカーが沈黙した。

最上はマンションのエントランスロビーに入り、エレベーターで六階に上がった。六〇六号室のドアを開けると、玄関マットの上に部屋の主が立っていた。息を呑むほど美しかった。プロポーションも悪くない。

「無理なお願いをして申し訳ありません。どうぞお入りください」

恵美がベージュのボアスリッパを玄関マットの上に置いた。最上は目礼し、靴を脱いだ。

案内されたのは、ほぼ中央にある居間だった。間取りは2ＬＤＫだろう。一室はアトリエとして使われているようだ。

最上はモケット張りのリビングソファに腰かけた。デザインが斬新で、造りもゆったりとしている。外国製だろう。

恵美が二人分のコーヒーを用意し、最上と向かい合う位置に坐った。黒いタートルネック・セーターが似合っていた。下はツイード地の灰色のパンツだった。

「いいアトリエですね。こういう仕事場を持てるんだから、あなたは売れてる版画家なんだろうな」

「いいえ、まだ駆け出しも駆け出しです。この部屋は父が借りてくれたんですよ」

「お父上はリッチなんだろうな」

「それほどでもありませんけど、貿易会社を経営しているんです。なのでサラリーマンの方たちよりは少しばかり金銭的に余裕があるみたいですね。それをいいことに、わたし、親に甘えてるんです」

「羨《うらや》ましい話だな」

「いいえ、恥ずかしい話ですよ。一日も早く経済的に自立しなければと焦《あせ》ってはいるのですけど、なかなか厳しくて……」

「齧《かじ》れる脛《すね》があるんだったら、甘えてもいいんじゃないのかな。玲奈、いや、露木さんの話によると、あなたはひとりっ子だとか？」

「ええ、そうなんですよ。そのせいか、両親はわたしをいつまでも子供扱いというか、甘やかし気味なんです。それはそうと、イメージ通りの方でした」

「え？」

「露木先輩とはお似合いのカップルですね。いずれは、先輩と結婚されるんでしょ？」

「さあ、どうなるのかな。二人とも、結婚という形態には拘《こだわ》ってないんでね」

「ごめんなさい。初対面なのに、立ち入ったことを言ってしまって」

「別に気にしていません。それより早速ですが、事件のことを聞かせてください」

最上は上着のポケットから手帳を取り出した。

「事件当日、わたしは仕事の打ち合わせを済ませて、銀座の裏通りを歩いてたんです」

「もう少し場所を詳しく教えてください」

「銀座八丁目です。『カフェ・ド・ランブル』という有名なコーヒーショップのある通りです」

「時刻は？」

「まだ午後八時前でした。黒いアルファードがわたしの横で急停止して、車内から二人の男が飛び出してきたんです」

「そいつらの年恰好《としかっこう》は？」

「二十六、七だと思います。片方の男は、耳がカリフラワーみたいに潰《つぶ》れていました。もうひとりの男は、割に背が高かったと思います」

「二人組は半グレっぽかったのかな」

「いいえ、そういう感じじゃなかったですね。ふつうの勤め人がカジュアルな服装をしてるという印象でした」

恵美が答えた。

「男たちは、あなたをすぐに車内に引きずり込んだのかな？」

「ええ、そうです」

「そのとき、運転席には誰か坐っていました？」

「いいえ」

「アルファードが走りだす前に、あなたは麻酔注射をうたれたの？」

「発進して間もなくでした。左耳の潰れた男がわたしの口許《くちもと》を手で塞《ふさ》ぎながら、首の後ろに注射針を突き立てたんです」

「手馴《な》れた感じでした？」

「動作は速かったですね」

「そう。男たちは、あなたに何か言った？」

「別に何も言いませんでしたけど、背の高いほうの男がわたしのバッグから運転免許証を取り出して、何か確認したみたいです」

「おそらく犯人たちは、予《あらかじ》めあなたに目をつけてたんでしょう」

「なぜ、わたしは狙われることになったのでしょう？」

「それは、あなたが聡明《そうめい》な美人だからだろうな。一年ほど前から似たような事件が頻発《ひんぱつ》してることは、ご存じでしょ？」

最上は確かめた。

「はい、知っています」

「あなたは、数分で昏睡状態に陥《おちい》ったんですね」

「そうです。一、二分で、意識が混濁《こんだく》したと思います」

「連れ込まれた先は？」

「それはわかりません。わたし、およそ三時間後に拉致された場所に放置されていました。お客さんを送り出したホステスさんたちに揺り動かされて、我に返ったんですよ」

「盗《と》られた物は？」

「何も盗まれてはいませんでした。ただ、ブラジャーのホックがちゃんと掛かっていなかったんです」

「それで、あなたは麻酔をかけられてる間に衣服を脱がされたと直感したんですね？」

「ええ、そうです。それに、ショーツも裏返しに穿《は》かされていました。ですので、わたし

……」

恵美が言い澱《よど》んだ。

「とっさに辱《はずかし》められたのではないかと思った？」

「はい。それで次の日、自宅からだいぶ離れた産婦人科医院で体を診《み》てもらったんです」

「しかし、レイプされた痕跡はなかった。そういうことだね？」

「ええ、その通りです。露木先輩からお聞きでしょうが、輸卵管が傷つけられてるという診断でした」

「そのあたりのことをドクターは、どんなふうに言っていました？」

「卵巣《らんそう》から成熟卵胞《せいじゆくらんぽう》をそっくり抜き取られてるかもしれないと言われました」

「成熟卵胞？」

「ええ。ドクターの説明によると、卵巣には原始《げんし》卵胞、卵胞膜《らんぽうまく》、顆粒《かりゆう》細胞などがあるらしいんですよ。卵子を放出する原始卵胞が思春期になると発達をはじめ排卵直前に、成熟卵胞に発育するそうです。その後、その成熟卵胞は破裂して、排卵するというんです。ふつう約二百万個の原始卵胞があって、閉経まで排卵しつづけるという話でした」

「破裂する前の成熟卵胞には夥《おびただ》しい数の卵子が詰まってるんだろうな」

「そうだと思います。ドクターは、誰かがわたしの成熟卵胞を無断で抜き取った疑いがあるとおっしゃっていました。それから、奪われた成熟卵胞はガラス化凍結法で保存されている可能性があるとも……」

「ガラス化凍結法とは、どんなものなんだろう?」

「従来の卵子凍結技術だと、遺伝子《DNA》に大きなダメージを与えてしまうらしいんですよ。卵子には核膜がないので、遺伝子を保護できないというんです」

「そうなのか」

「不妊治療のベテラン産婦人科医が開発したガラス化凍結法だと、卵子の長期保存が可能だというんです。従来の緩慢《かんまん》凍結法は約一時間で卵子を凍結させるらしいんですけど、それだと低温障害を招くそうです。もっとも、低濃度の凍結保護物質を添加したガラス化溶液で卵子を充分に脱水濃縮してから超急速凍結すれば、半永久的に保存できるという話でした」

「よく憶《おぼ》えてますね。頭がいいんだろうな」

最上は言って、コーヒーカップを口に運んだ。

「女ですので、卵子については関心があるんです。それはともかく、わたしの卵子がどこかで凍結保存されてると思うと、とても気持ち悪くなります」

「そうだろうね。自分の卵子が知らない男の精子とくっつけられて、受精卵にされてるかもしれないと考えただけでも、なんか落ち着かなくなるだろうな」

「ええ。およそ三十人の女性がわたしと同じように成熟卵胞を抜き取られてたとしたら、非合法な不妊治療に悪用されてるんじゃないのかしら？」

「それは考えられますね」

「どこかでわたしのＤＮＡを引き継いだ子が産まれてたら、とても厭《いや》だわ。わたし、子供そのものは決して嫌いではありません。ですけど、自分の知らないところで、そういう赤ちゃんが誕生してたら、やっぱり薄気味悪いわ」

「その気持ち、よくわかりますよ。こっちとコンビを組んでる検察事務官に一連の事件の捜査資料を集めてもらってるんだ。あなた以外の被害者たちのことが詳しくわかれば、犯人グループの絞り込みもできるでしょう」

「一日も早く犯人たちを突きとめてください。わたし、犯人グループが浮かび上がったら、匿名《とくめい》で警察に密告電話をかけます。そうすれば、最上さんのことが表面化することはないでしょ？」

「ま、そうですが……」

「謝礼は、どのくらい差し上げればよろしいのでしょう？」

恵美が言いにくそうに切り出した。

「お金なんかいただけない」

「だけど、そういうわけにはいきません。百万円ぐらいでしたら、成功報酬を差し上げられます。少ないでしょうか？」

「あなたから、お金なんか貰《もら》えないな」

「困ったわ。いくらなんでも只働《ただばたら》きをさせるわけにはいかないでしょ？」

「いいんですよ、それで」

「でも、それではこちらが困ります」

「それじゃ、こうしましょう。こちらが犯人たちを突きとめたら、あなたの版画を一点だけ頂戴《ちょうだい》します。それなら、お互いに貸し借りはなくなるでしょう」

「わたしの作品は、どれもそれほど高い値は付いてないんです。最も高値の付いた版画でも十万円そこそこなの。ですので、かえってご迷惑をかけることになってしまいます」

「将来、あなたの版画は値上がりするかもしれない。小さめの作品を一点だけ貰うことにします」

「それで、よろしいのかしら？」

「ええ、充分ですよ。とにかく、少し動いてみます」

最上はスマートフォンのナンバーを教えてから、ソファから立ち上がった。恵美に見送られて、部屋を出る。

エレベーターで一階ロビーに降りたとき、懐でスマートフォンが震動した。最上はエントランスロビーの端で、スマートフォンを耳に当てた。

「若《わか》、自分です」

深見組の組長代行の亀岡忠治だった。深見隆太郎が最も目をかけていた大幹部だ。まだ五十三歳だが、昔気質《かたぎ》の博奕打《ばくち》ちである。一年中、着流しで通している。妻は働き者で、月島《つきしま》でもんじゃ焼きの店を経営していた。

「亀さん、何かあったようですね」

「健《けん》の野郎が正午過ぎに上野公園で不良イラン人グループの残党と揉め事《ゴタ》を起こしまして、ちょいと怪我をしたんです。一応、組長の若に報告しておこうと思いまして」

健は組員の中で最年少だった。三十歳になったはずだ。気が善《よ》く、料理がうまい。

「どこを怪我したの？」

「刃物《ヤッパ》で脇腹を浅く刺されただけです。二週間かそこらで退院できるでしょう」

「入院先は？」

「台東区池之端《いけのはた》四丁目の佐藤《さとう》外科医院です」

「亀さんも、そこにいるんですね？」

「いいえ、少し前に根津の組事務所に戻ったところです」

亀岡が答えた。死んだ組長宅に組事務所が設けられている。

初代組長の深見満《みつる》が組を構えるときに買い取り、改築を重ねてきた古い家屋だった。間《ま》数《かず》は二十室近い。

組事務所には三十代の組員が寝泊まりしていた。健も、そのうちのひとりだった。

「喧嘩の原因は何だったのかな?」

「イラン人のひとりが上野公園を塒《ねぐら》にしてる路上生活者《ホームレス》のおっさんに難癖をつけて、尻《けつ》を蹴飛ばしたらしいんですよ」

「健ちゃんがそれを目にして、イラン人に文句を言ったんだ?」

「そうなんです。そうしたら、相手の野郎がナイフを取り出して、健の脇腹を……」

「健ちゃんは侠《おとこ》気《ぎ》があるからな。黙ってられなくなったんでしょう」

「そう言っていました。自分の責任です。若い者《もん》にはつまらねえ喧嘩はするなって言い聞かせてたんですが、健の奴、ついカーッとしちまったんでしょう」

「別に亀さんの責任じゃありませんよ。健ちゃんも悪くない。とにかく、これから入院してる病院に向かいます」

「若、お仕事中なんでしょ? そうなら、いけませんや。若の本業は検事さんなんですから」

「こっちは隠れ三代目組長でもある。組員が怪我してるんです。とにかく、入院先に顔を出します」

「それじゃ、自分も同行します」

「亀さん、病室で会いますか。四十分前後で、入院先に行けると思います」

最上は通話を切り上げ、マンションの外に出た。スカイラインに乗り込み、ただちに上野に向かう。

健の入院先に着いたのは三時半ごろだった。何度か渋滞に引っかかり、予想外に時間がかかってしまったのだ。

佐藤外科医院は古い病院だった。健は二階の相部屋にいた。四人部屋だった。

健は窓際のベッドに横たわっていた。枕許には、亀岡の姿が見える。いつもの着流しだった。

「若、わざわざ申し訳ありません」

亀岡が折り畳み式のパイプ椅子《いす》から腰を浮かせ、深々と一礼した。それから彼は、健に礼を言えと促《うなが》した。

「三代目、心配かけて済みません。傷は浅いんですよ。内臓には達してませんでしたから、たったの八針縫《ぬ》っただけなんです」

「傷が浅くてよかったな」

「はい」

「大事をとって、ゆっくり治したほうがいいよ。で、刺した奴は？」

「仲間と一緒に逃《フ》げ《ケ》ました。アリと呼ばれてる三十五、六歳の口髭《くちひげ》を生やした奴です。退院したら、野郎を見つけ出して、半殺しにしてやります」

「健ちゃん、そんな奴は放っとけよ」

「けど、三代目、このままじゃ、示しがつきません」

「いいじゃないか。急いでたんで、見舞いの品を持ってこなかったんだ。後で、何か好きなものでも喰ってよ」

最上は札入れから十万円抜き出し、サイドテーブルの上に置いた。

「三代目、感謝します。おれ、懐が寂《さび》しいんで、ここの入院費のことが心配だったんですよ」

「入院費は組の金で払うから、心配しないでいいんだ。何か困ったことがあったら、亀さんに何でも相談してくれないか」

「は、はい」

健が涙ぐんだ。最上は亀岡と顔を見合わせ、小さくほほえんだ。

「若、二代目と話し方がそっくりになってきましたね」

「あまり二代目とは似たくないな。深見隆太郎は酒と女にだらしなかったし、金儲《もう》けも下手だった。だから、組のみんなに更生資金も残さずに死んでしまった」

「二代目は、自分らに男の生き方ってやつを教えてくれました。それで充分ですよ」

亀岡が笑顔で言った。

代貸の言葉は単なる社交辞令ではないだろう。だが、組員たちは誰もが身の振り方に頭を悩ませているはずだ。

不足分の更生資金を早く手当てしなければ……。

最上は切実に組員たちの独立資金が欲しいと思った。まだ五億五千万円足りない。

それから間もなく、最上は病室を辞した。表向き組長代行の亀岡は病室に残った。

最上はスカイラインで職場に戻った。刑事部のフロアに入ると馬場部長が大声で告げた。

「きみが外出中に、公判部の永瀬《ながせ》検事が二度も訪ねてきたぞ」

「そうですか」

最上は素《そ》っ気《け》ない返事をして、すぐに廊下に出た。永瀬雅樹《まさき》は大学の後輩だった。まだ二十七歳だ。

永瀬は大学の先輩ということで、最上を慕《した》っているようだった。しかし、最上は永瀬のことはあまり好きではなかった。エリート意識が強く、他者に冷淡な面があったからだ。

最上はB棟の公判部に行き、永瀬を廊下に呼び出した。

「おれに何か用があるみたいだな」

「先輩に相談したいことがあるんですよ」

「金か？」

「違います。ここじゃ、話しづらいな。内庭までつき合ってください」

永瀬がそう言い、先にエレベーターホールに向かった。最上は苦く笑って、後輩の後を追った。

二人はエレベーターで一階に降り、内庭に出た。寒風が頰を刺す。

「手短に頼む」

「はい。実は一昨日《おととい》の晩、渋谷の道玄坂《どうげんざか》でセクシーな女性に逆ナンパされたんですよ。二十二、三歳の彫《ほ》りの深い顔立ちの娘《こ》でした」

「それで？」

最上は言った。

「ショットバーで軽く飲んでから、円山町《まるやまちよう》のブティックホテルに行きました。亜由《あゆ》と名乗った娘《こ》に誘われてね。なんだか夢を見てるような感じでした。先輩もご存じのように、ぼくは女に言い寄られるタイプじゃありませんので」

「その娘《こ》と寝たんだな？」

「ええ。セックスは最高でしたけど、その後、妙なことになってしまったんです」

永瀬が顔を曇《くも》らせた。

「おまえ、美人局《つつもたせ》に引っかかったんじゃないのか？」

「いいえ、違います。ぼくがシャワーを浴びてる間に、亜由は使用済みのスキンを持って消えたんですよ」

「どういうことなんだろう？」

「わかりません。ぼくの幼馴染《おさななじ》みの若い物理学者も、数カ月前に同じような体験をしてることが昨夜《ゆうべ》わかりました」

「そいつも精液の溜《た》まったスキンを持ち去られたのか？」

「ええ、そうなんですよ。ホテルに入った相手は別人のようですけどね。ぼくらの精液は何か悪用されるんでしょうか。ほら、一年ぐらい前から三十人ほどの女性が麻酔注射をうたれて、卵子を抜き取られたでしょ？　だから、ぼくらも色仕掛け《ハニートラップ》に引っかかって、精子を奪われてしまったのかもしれないと考えたら、落ち着かなくなっちゃいまして……」

「亜由と名乗った娘《こ》とは連絡がつくのか？」

「いいえ、つきません。スマホのナンバーを教えてくれって何度も頼んだんですけど、とうと教えてくれませんでした」

「そうか。相手が、おまえの身分証明書や名刺入れを盗み見た形跡は？」

最上は訊《き》いた。

「そういう形跡はありませんでした。ただ、亜由はぼくのことを事前にいろいろ調べ上げてるようでしたね。ぼくが大学三年のときに司法試験に合格したことを自慢しても、ほとんど驚かなかったんですよ」

「そうか。おまえ、素姓を明かしたのか!?」

「弁護士だと言っておきました。名前も、もちろん偽名を使いました。だけど、なんか不安なんですよ。先輩、どうしたらいいんでしょう？」

「別にびくつくことはないよ」

「そうですかね。先輩に話を聞いてもらったら、なんだか気持ちが楽になりました」

永瀬が初めて笑みを見せた。

後輩たちだけではなく、大勢のエリート男性が同じ手口で〝精子〟を持ち逃げされた疑いがありそうだ。どこかに非合法の卵子・精子バンクがあるのではないか。

最上はそう推測しながら、永瀬と庁舎の中に戻った。両手が凍《こご》えかけていた。

4

捜査資料は少なくなかった。

前日、菅沼が九つの所轄署から集めてくれた卵子強奪事件の捜査報告書のコピーである。最上は、捜査資料に丹念に目を通した。

刑事部の検事調室だ。午後一時過ぎだった。

九人の被害者は揃って二十代の知的な美人で、成熟卵胞を犯人グループに無断で採取された痕跡があると記述されていた。そして、被害者たちは麻酔が切れる前に拉致現場に放置されていたという。

手口は、恵美のケースとまったく同じだ。一連の事件の犯人グループは同一と思われる。

「各署の刑事たちは、医療関係者の仕業《しわざ》と見てるようでした」

検察事務官用の机に向かっている菅沼が、窓を背にした最上に顔を向けてきた。

「おそらく被害者たちから成熟卵胞を抜き取ったのは、産婦人科医だろう。あるいは、産院勤めの女性看護師とも考えられるな」

「ええ、そうですね。拉致の実行犯は、金で雇われた奴らなんじゃありませんか？」

「ああ、多分な」

「これは知り合いの刑事から聞いた話なんですが、癌《がん》治療などで不妊となる恐れのある女性の卵子を凍結保存してる非営利の卵子セルフバンク施設は幾つかあるらしいんです」

「そういう卵子バンクがあることは、おれも知ってるよ。しかし、その場合は承諾した患者本人の卵子しか長期冷凍保存できないはずだ」

「ええ、そうですね。アメリカや韓国には民間の卵子バンクがあって、自由に買えるそうです。六十二歳で男の子を産んだフランス人女性はアメリカの不妊治療専門クリニックで第三者の卵子を買って、自分の実弟の精子と体外受精させ、その受精卵を子宮に移植してもらって出産したらしいんですよ」

「実弟の精子を使ったって!?」

「ええ。その姉弟《きようだい》はフランスの名家の生まれなんですが、どちらも良縁に恵まれなかったそうなんです。名家が絶えることを憂慮《ゆうりよ》して、姉弟はそういう手段で跡継《あとつ》ぎを得たみたいですよ」

「ずいぶん思い切ったことをしたもんだな」

「そうですね。姉弟は、さらに衝撃的なことをやったんです。とうに閉経してる姉の超高齢出産がうまくいかないときのことを考えて、卵子を提供したアメリカ人女性の子宮にも同種の受精卵を移植して、女の子を産んでもらったんですよ」

「要するに、代理母出産を依頼したわけだ？」

「そうです」

「代理母が産んだ女の子はどうなったのかな？」

最上は問いかけた。

「フランス人姉弟に引き取られて、八日早く産まれた男の子と一緒に双子の兄妹《きょうだい》として育てられてるって話でした」

「姉弟は、よっぽど名家の名を絶やしたくなかったんだろうな」

「そうなんだと思います。ちょっとショッキングな話ですよね」

「そうだな。日本でもかなり以前に初の代理母出産が公表されて、大きな社会的な議論を呼んだ」

「ええ、そうでしたね。確か姉夫婦の体外受精卵を妹の子宮に移植して、出産したはずです」

「だったな」

「最上検事、代理母出産推進派の産婦人科医がＩＱの高い美女たちの卵子をたくさん集めて、非合法な不妊治療をする気になったんじゃありませんか？」

「考えられなくはないな。とにかく、助かったよ。そのうち菅沼君に何か奢《おご》ろう」

「それじゃ、いつか連れてってもらった虎《とら》ノ門《もん》の鮨屋《すしや》でご馳走《ちそう》してください。あの店の鮨は、最高にうまかったなあ」

「わかった。菅沼君、もういいよ」

「はい」

菅沼が立ち上がって、検事調室から出ていった。

最上は、ノート型パソコンで生殖医療ビジネスの関連会社を検索してみた。

卵子提供や代理母出産をコーディネートしている斡旋《あっせん》会社は十数社もあった。いずれも不妊に悩む日本人夫婦を海外に送り出し、現地で治療を受けさせたり、代理母出産をさせて、報酬を得ている。

老舗《しにせ》格の『不妊治療情報サービス』は、日本人夫婦のために五十件以上の代理母出産を実現させていた。最上は、同社のホームページにアクセスしてみた。オフィスは港区南青山にあった。社長は氏原綾子《うじはらあやこ》という女性だった。

最上は相談者に化けて、『不妊治療情報サービス』に行ってみることにした。何か手がかりを得られるかもしれない。

最上はパソコンの電源を切り、菅沼が集めてくれた捜査資料を大きな大判封筒に収《おさ》めた。

検事調室を出て、刑事部フロアに戻る。馬場部長とまともに目が合ったが、別に何も言われなかった。きょうも同僚検事たちの大半は出払っていた。

最上は大判封筒を自分のロッカーに入れてから、馬場に声をかけた。

「ちょっと告訴状の差出人に会ってきます」

「告訴の内容は？」

「外務省の幹部が機密費を着服して、愛人を二人も囲ってるらしいんですよ」

「内部告発かね？」

「ええ、そうです」

「その種の事件《ヤマ》は、もうつつかなくてもいいだろう。さんざんマスコミに取り上げられたからな」

馬場が言った。

「そういえば、部長の友人がたくさん外務省にいましたね」

「別に個人的な事情があって、その種の内偵に消極的なわけじゃない。外務省の連中も、われわれも同じ公務員じゃないか。ある意味では仲間だ。だから、あまり彼らをいじめるのもな」

「そういう間違った仲間意識を捨てないから、最近の検察は腰抜けだなんて言われるんですよ」

「誰がそんなことを言ってるんだっ。われわれは、あらゆる不正と闘ってるじゃないか」

「そうですかね。こっちには、そんなふうには見えないな」

「とにかく、官費の遣《つか》い込みなど小さなことだ。もっと大きな社会悪に挑《いど》もうじゃないか」

「それは立派な心がけですが、こっちは役人どもの思い上がりを叩き潰したいんです。国民の税金をネコババして、愛人を二人も囲うなんて赦《ゆる》せませんよ。部長に反対されても、自分は捜査に着手しますからね」

最上は作り話を澱《よど》みなく喋《しゃべ》り、そそくさと刑事部フロアを出た。エレベーターで一階に降り、スカイラインに乗り込む。

エンジンをかけたとき、玲奈から電話がかかってきた。

「きのうの晩、恵美からお礼のメールがあったわ」

「そう」

「彼女、あなたのこと、素敵だって言ってたわよ。わたしが事故か何かで急死したら、恵美に言い寄ったら？」

「そうするか」

「まあ、憎たらしい。嘘でも、当分は恋愛なんかしたくないと答えるべきなんじゃない？」

「おれは正直な人間だから、嘘をつけないんだ」

「うふふ。冗談はともかく、もう捜査に取りかかったの？」

「一応な。しかし、まだ手がかりらしきものは摑んでないんだ。ただ、地検の後輩から関連のありそうな話は聞いたよ」

最上は、永瀬が行きずりの女に使用済みのスキンを持ち去られたことを話した。永瀬の幼馴染みの若い物理学者の体験にも触《ふ》れた。

「どこかに非合法の卵子・精子バンクがあるようね。そうじゃないとしたら、民族主義者たちの秘密結社があって、容姿がよくて頭も切れる優秀な日本人をたくさん増やして、この国を支配させようと企《たくら》んでるんじゃない？」

「そして、取柄《とりえ》のない男女を徐々に排していって、民族の浄化を狙ってる？」

「ええ、もしかしたらね」

「そんなアナクロな民族主義者は、いまの日本にはもういないんじゃないか」

「そうだとしたら、卵子や精子を集めてる奴らの目的はお金儲けでしょうね」

「そう考えてもいいだろうな。何かが透《す》けてきたら、美人版画家に中間報告するよ」

「ええ、そうしてあげて」

玲奈が電話を切った。

最上はスマートフォンを懐に突っ込むと、スカイラインを発進させた。『不妊治療情報サービス』は、青山霊園の近くにある雑居ビルの四階にあった。

最上はスカイラインを裏通りに駐《と》め、雑居ビルまで歩いた。

目的のオフィスに入ると、受付カウンターがあった。二十四、五歳の受付嬢がにこやかに話しかけてきた。

「初めてのご相談ですね？」

「ええ。六年前に結婚したんですが、なかなか子供に恵まれなくて……」

「少々、ブースでお待ちいただけますか。責任者の氏原綾子が直接、お話を伺わせてもらいますので」

「わかりました」

最上は神妙に答えてみせた。

受付嬢が立ち上がり、案内に立った。通路の右手に、パーティションで仕切られたブースが三つ並んでいた。相談室だろう。

最上は奥のブースのシートに坐《すわ》らされた。

「これにご記入ください」

受付嬢が相談者カードとボールペンを卓上に置き、自分の持ち場に戻っていった。

最上は相談者カードに偽名と適当な連絡先を記《しる》した。勤務先や配偶者の名も、でたらめだった。

五分ほど待つと、モスグリーンのスーツを着た女社長がやってきた。ホームページに掲《かか》げられていた写真の顔よりも、華やかな印象を与える。

グラマラスな体型だった。顔立ちも整っている。三十六、七歳だろうか。

「大変お待たせしました。氏原です」

女社長が最上の前に坐り、さりげなく相談者カードを手に取った。

ちょうどそのとき、受付嬢が二人分のコーヒーを運んできた。彼女が下がると、氏原綾子は相談者カードから顔を上げた。

「田中さんは三十五歳で、奥さまの友絵《ともえ》さんは三十一ですね？」

「ええ、そうです」

「失礼ですが、バースコントロールはどのくらいの間……」

「結婚して以来、一度も避妊はしていません。早く子供が欲しかったものですので」

「そうですか。奥さまが妊娠されたことは？」

「一度もありません。それで、二年前に妻は産院で診《み》てもらったんですよ。そのとき、子宮癌が見つかりまして……」

「子宮の切除手術を受けられたんですね？」

「ええ、そうです。わたし個人は妻がそういう体になってしまったので、子供のことは諦《あきら》めてたんですよ。しかし、一年ぐらい前から妻が、ぜひ、わたしの子供を育ててみたいと言い出しましてね」

「ご主人を愛されてるんですよ。それに、奥さまも育児をしてみたいと思ったんじゃありません？」

「そうなんでしょう」

最上は相槌《あいづち》を打った。

「代理出産は原則として日本では認められていません。検討事項にはなっていますけど、法文化されるのはまだ先になりそうです。田中さんご夫婦の場合は、海外での卵子提供と代理母斡旋を望まれているのですね？」

「ええ。できれば、卵子提供者《エッグ・ドナー》と代理母を国内で見つけたいんですが、それは法で禁じられてるんでしょ？」

「いま現在は、まだ法律上の規制はないんですよ。厚生科学審議会が代理母出産の禁止を打ち出し、日本産婦人科学会では昔から会告で禁じてきましたが、まだ法文化はされていませんの。ですので、だいぶ前に信州在住のドクターが不妊夫婦のため独断で代理母出産に手を貸しました」

「そのうち代理母出産は法律で禁じられるかもしれないな」

「ええ、それは考えられますね。なにしろ日本の産婦人科医は保守的で、新しい試《こころ》みにチャレンジしたがりませんので。アメリカなどは一九七六年から不妊治療法の一つとして、代理母出産をやってるんですよ」

「そんな前から……」

「ええ。日本人は妙な倫理観に囚《とら》われていますから、他人のお腹《なか》を借りることにはとても抵抗を感じるんでしょう」

「そうなのかもしれませんね。生殖科学的には、チンパンジーを代理母にすることも可能だそうだけど、そういうのはちょっと抵抗があるな」

「ええ、よくわかります。やはり、人の子は人間に産んでもらいたいですものね」

「そう思います。アメリカで日本人女性の卵子を提供してもらえるんですか？」

「もちろんです。アメリカに留学中の女性や現地企業で働いてる日本人ＯＬが何人もエッグ・ドナー登録をしていますの。ただ、そういう方々が代理母になってくれるケースは少ないんですよ。妊娠中は何かと行動が制限されますでしょ？」

美人社長が言った。

「ええ、そうでしょうね。そうすると、代理母を引き受けてくれるのはアメリカ人女性なんですか？」

「九割はアメリカの白人女性ですね。彼女たちはボランティア精神が旺盛《おうせい》ですので、日本円にして三百万円前後の謝礼で代理母を引き受けてくれるんですよ」

「日本人女性の卵子を提供してもらっても、金髪や栗毛の白人女性がわたしの子を産むことになるわけか」

「ただ、子宮を借りるだけじゃありませんか。エッグ・ドナーが日本人なら、むろん黄色人種が産まれます」

「それはそうでしょうが……」

「少し時間をいただけるのでしたら、アメリカの提携会社のスタッフに滞米中の日本人女性を探させますよ」

「そうですか。代理母が日本人の場合は、総額でどのくらいの費用がかかるんです？」

「代理母がアメリカ人だと、一千万円程度で済みます。しかし、代理母になってくれる日本人は少ないので、謝礼をだいぶ上乗せしませんとね。一千二、三百万円は必要になるかもしれません」

「そんなに高いんですか⁉」

「確かに総額は安くありませんよね。しかし、相談者夫婦の渡米費用、卵子提供者や代理母への謝礼、出産費用、斡旋料などをすべて引っくるめた額ですので、それほど高くはないと思いますよ」

「それでも、サラリーマンには大きな額だな」

「わたしたちコーディネーターの斡旋料は、ぎりぎりまでサービスさせてもらってるんですよ。いまのコミッションを下げたら、それこそ赤字になってしまいます。一年ぐらい前から、われわれのお客さんは激減してるんです。ですから、同業者はどこも経営が楽じゃないと思います」

「どうして急に客が減ったんでしょう？」

最上は訊いた。

「産婦人科のドクターたちは、海外での代理母出産のお手伝いをしてるわれわれを目の仇《かたき》にしています。お金儲けだけが目的だという内容の怪文書を不妊カップルに送りつけて、どうも営業妨害してるようなんですよ」

「そうなんですか。ところで、一年ぐらい前から知性派美人が首都圏で三十人あまり何者かに拉致されて、麻酔で昏睡させられ、卵子を奪われましたよね？」

「ええ、恐ろしい話だわ」

「あなたは一連の卵子強奪事件をどう見てるのでしょう？　自分は、誰かが非合法な卵子バンクをこしらえて、ひと儲け企んでるんじゃないかと思ってるんですが……」

「仮にそうだとしたら、首謀者は赤字の産院関係者か、何かで医師免許を剝奪《はくだつ》された元産婦人科医なんではありませんか。国内で卵子を調達して、こっそり代理母出産を請《う》け負《お》えば、五、六百万円にはなりますもの。そういう闇ビジネスが流行《はや》ったりしたら、海外での不妊治療や代理母出産をお世話してるわたしたちの商売は成り立たなくなるわ」

「そうか、そういうことになるでしょうね」

「本題に戻りますけど、思い切って奥さまとご一緒にアメリカに行ってみませんか？　お子さんができたら、一千数百万円の出費なんか惜《お》しくならないでしょう」

「妻とよく相談して、またお邪魔するかもしれません。その節は、よろしくお願いします」

「こちらこそ、よろしく。ぜひ、今度は奥さまとご一緒に」

「はい。きょうは、ありがとうございました」

「どういたしまして。お待ちしていますね」

女性社長が先に腰を浮かせた。最上は『不妊治療情報サービス』を出て、エレベーターに乗り込んだ。

スカイラインの運転席に入ってから、私立探偵の泊栄次《とまりえいじ》に電話をかける。五十男の泊は一昨年の春に八王子署に恐喝未遂容疑で捕まり、現在、執行猶予《ゆうよ》の身だった。最上は泊の弱みにつけ入り、しばしば下働きをさせていた。

「はい、ゼネラル探偵社でございます」

「気取った声を出すなよ。電話番もいない探偵社なんだからさ」

「その声は悪党検事さんだな」

「景気はどうだい？」

「いいわけないでしょうが！」

「それじゃ、仕事を回してやるか」

「どうせまた只働きをさせるつもりなんでしょ？　いい加減にしてくださいよ」

「調査資料が役に立つようなら、二十万払う」

「ほんとですね？　いま、文無しに近い状態なんですよ。二十万円の臨時収入はありがたいな。で、何を調べればいいんです？」

泊が訊いた。

「ここ一、二年のうちに廃業に追い込まれた産婦人科医院をリストアップしてくれないか」

「全国の廃院を調べたほうがいいんでしょ？」

「ああ、できたらね。可能かな？」

「お安いご用です。ほかには？」

「ついでに倒産の危機に晒《さら》されてる産院、それから医師免許を剝奪された元産婦人科医もリストアップしてくれないか」

「丸一日あれば、調査は済むでしょう。旦那、明日の夕方までには片をつけますよ。そのときに謝礼を払ってくださいね」

「わかった。調査が終わったら、連絡してくれ」

最上は通話を切り上げ、車のエンジンを始動させた。

第二章　美人版画家の弱み

1

グラスが空《から》になった。

最上は店の従業員を呼び、二杯目の焼酎《しょうちゅう》のお湯割りをオーダーした。新橋の烏森《からすもり》にある居酒屋だ。午後七時を少し回っている。まだ客の姿は多くない。

最上は私立探偵の泊を待っていた。約束の時間は午後七時だった。

泊は夕方、きのう電話で頼んだ調査を終えたと報告してきた。それで、この店で落ち合うことになったわけだ。

二杯目のグラスがテーブルに運ばれてきた直後、泊が慌《あわ》ただしく店に入ってきた。

禿《は》げ上がった額がてらてらと光っていた。猫背《ねこぜ》で、どことなく貧相な印象を与える。

「遅くなって申し訳ありません」

泊が詫びながら、テーブルの向こう側に坐った。グレイの背広の上に、黒革のハーフコートを羽織っている。

「先に飲みものと肴《さかな》を選んでくれないか」

最上は言って、セブンスターに火を点《つ》けた。喫煙席だった。

泊が品書《しなが》きを眺め、純米酒の熱燗《あつかん》と数種のつまみを頼んだ。選んだ酒肴《しゅこう》は値の張るものばかりだった。逼迫《ひっぱく》しているという話は嘘ではないようだ。久しくうまい酒や肴にありついていないのだろう。

「調査資料を出してくれないか」

最上は促《うなが》した。

泊が黒いビジネスバッグの中から、コピーの束を取り出した。最上は、それを受け取った。

この二年間に廃業した産婦人科医院が地方別にリストアップされていた。その数は百を超えている。

「少子化時代ですので、産院と小児科医院はどんどん減るんじゃないですか？」

泊が小声で言った。

最上は調査資料に目を通した。赤字経営の産院の数は少なくなかった。医師免許を失った元産婦人科医は五人いた。

「検事、今度はドクターの悪事を暴《あば》くつもりなんでしょ？」

「余計なことに興味を示さないほうがいいぞ」

「そう言わないで、わたしにも一枚嚙ませてくださいよ。悪党どもを痛めつけるだけじゃなく、金もせびってるんでしょ？」

「何を言ってるんだ。こっちは現職の検事だぜ」

「でもね、金の嫌いな人間はいないでしょ？　わたし、わかってるんですよ、旦那の裏仕事のこと」

「裏仕事だって!?」

「空とぼけちゃって。税務署に申告しなくてもいい銭《ぜに》をかなり溜め込んだんでしょ？　いくらか回してほしいな」

「おれを脅してるつもりなのかっ」

「別にそうじゃありませんよ。ただ、金がないんで、心細くて仕方がないんです」

「金が欲しいんだったら、お得意の手を使うんだな」

「え？」

「あんたは高速道路のＩＣ《インターチエンジ》近くのモーテルで昼間っから情事に耽《ふけ》ってる不倫カップルの

車のナンバーから身許を割り出して、口止め料を脅し取ろうとした」

「旦那、もう勘弁してくださいよ。わたしはそれで失敗《ドジ》踏んで、八王子署に検挙《アゲ》られちゃったんですから」

「ほかにも犯歴があるんだから、いまさら善人ぶっても仕方ないだろうが。え!」

「まいったな。わかりました、検事のことは深く詮索《せんさく》しないことにします」

泊が言った。そのとき、燗酒と酒肴が届けられた。泊は手酌《てじゃく》で飲みはじめた。

「リストに載ってる連中は、揃って経済的には苦しそうなんだな?」

「だと思います。わたし、ベンツの正規代理店の営業マンに成りすまして、リストアップしたドクターたちに片端からセールスの電話をかけたんですよ」

「誰も、まともに話を聞いてくれなかった。そうだな?」

「いいえ、ひとりだけベンツSクラスを買ってもいいというドクターがいました」

「そいつの名は?」

「春名博和《はるなひろかず》です。赤字病院のリストの中に、春名ドクターの名が載っています」

「そう」

最上はコピーの束を捲《めく》った。春名の氏名は間違いなく記載されている。

「赤字なのに景気のいいことを言ってるなと思って、わたし、春名産婦人科医院に行ってみたんですよ」

「病院はどこにあるんだ？」

「目黒区上目黒二丁目です。割に大きなクリニックなんですが、患者はあまりいないようでした」

「で、春名には会えたのか？」

「いや、会えませんでした。近所で聞き込みをしただけです。春名は三年前に浮気が因《もと》で奥さんと別れたらしいんですが、多額の慰謝料を払ったようなんです。クリニック経営もうまくいってないはずなんですが、リッチな暮らしをしてるようなんですよ。ガレージには、マイバッハとポルシェがありました」

「春名は、いくつなんだ？」

「四十一歳だそうです。頭をスポーツ刈りにしてるとかで、とても産婦人科医には見えないそうです。眉《まゆ》が濃く、ぎょろ目だという話だったな」

「春名の自宅は？」

「クリニックの三階に住んでいます」

「そうか」

「春名ってドクターは何か危《ヤバ》いことをしてそうですね。旦那が追ってる事件《ヤマ》に関《かか》わりがあるかどうかはわかりませんが。それはそうと、二十万の謝礼払ってもらえるんでしょ？」

「そのつもりだったが、たいした情報じゃなかったな。十万でどうだい？」

「約束の半額か。それはないでしょ！」

「不満なら、あんたの執行猶予を取り消してもらってもいいんだぜ」

「検事、あまりいじめないでくださいよ。いいでしょう、十万で手を打ちます」

泊がそう言い、右手を差し出した。

「もう少し値切ってもいいな。五万にするか」

「そんな殺生《せっしょう》な！」

「冗談だよ」

最上は上着の内ポケットから札入れを抓《つま》み出し、一万円札を十枚抜き出した。泊が両手で札束を押しいただく。

「これで、なんとか飢え死にせずに済みそうです」

「浮気調査の依頼もないのか？」

「この二カ月、調査依頼はゼロでした。東池袋の事務所の家賃、先月から払ってないんですよ」

「そうなのか」

「旦那、なんかおいしい話はありませんかね？」

「いっそ便利屋に転業したら、どうだい。ハウスクリーニング、廃材の片づけ、墓参りや買物代行、老人の話し相手と何でも引き受けりゃ、喰《く》うに困るようなことはないだろう」

「お言葉ですが、わたしは二十年以上も探偵稼業をやってきたんです。便利屋なんかできませんよ」

「それじゃ、野垂れ死に覚悟で探偵をつづけるんだな」

最上はコピーの束を摑み、勢いよく立ち上がった。

「あれっ、もうお帰りなんですか⁉」

「五十男の愚痴《ぐち》を聞きながら酒を飲んでも、うまくないからな」

「ここの勘定は？」

「心配するな。ちゃんと払って帰るよ」

「検事、ちょっと待ってください。急いで熱燗を二、三本、追加注文しますので」

「謝礼を渡したろうが。もっと飲みたきゃ、自分で払え！」

「旦那も、案外、しっかりしてるんだな」

泊が皮肉を言った。最上は苦笑し、レジに足を向けた。勘定を払い、店を出る。

夜気《やき》は刃《やいば》のように鋭かった。

最上は首を竦《すく》めながら、スカイラインを駐めてある場所まで急いだ。春名という産婦人科医は赤字経営にもかかわらず、なぜ贅沢《ぜいたく》な暮らしができるのか。たっぷり貯《たくわ》えがあったのだろうか。それとも、何かダーティー・ビジネスで荒稼ぎしているのか。

最上は少し探《さぐ》りを入れてみる気になった。すぐに車を上目黒に走らせる。

目的の産婦人科医院を探し当てたのは八時半ごろだった。

閑静な住宅街の角地に純白の三階建ての建物がそびえている。敷地はだいぶ広い。百五、六十坪はありそうだ。

最上は春名産婦人科医院の斜め前の暗がりにスカイラインを停め、手早くヘッドライトを消した。

産院の玄関はカーテンで閉ざされていたが、窓から電灯の光が洩《も》れている。ガレージには、マイバッハと黒いポルシェが収めてあった。

どうやら院長の春名は医院兼自宅の中にいるらしい。ポーチにクリニックの看板が掲《かか》げられている。それには、電話番号も明記されていた。

最上はスマートフォンを手にした。コールする。ややあって、電話が繋がった。

「春名産婦人科医院さんですね」

「そうです」

中年男性が応答した。

「失礼ですが、院長の春名先生でしょうか？」

「ええ。あなたは？」

「子宝に恵まれなくて、妻ともども頭を抱えている者です。中村《なかむら》と申します」

最上は作り話で相手の気を引き、ありふれた姓を騙《かた》った。

「不妊でお悩みなんですか」

「はい。結婚して七年になるんですが、いっこうに子供ができないんですよ」

「ご夫婦で病院には行かれました？」

「はい。当方には何も問題はなかったんですが、妻の卵巣機能が少し低下してるという診断でした」

「そうですか」

「妻が知り合いから、春名先生は不妊治療の名医だという話を聞いたんですよ。それで不《ぶ》躾《しつけ》だとは思ったのですが、こうしてお電話を差し上げたわけです」

「不妊治療はいろいろ手がけていますが、名医と呼ばれるほどのベテランじゃありません。それでもよろしければ、ご夫婦のご相談に乗らせてもらいます」

「ぜひ、お願いします。実はわたし、近くまで来てるんです。ご迷惑でなかったら、とりあえずわたしだけ先にお邪魔させてもらえないでしょうか」

「申し訳ないが、これから外出しなければならないんですよ。日を改めて一度、奥さんと一緒に来院してもらえませんか。第三者からの卵子提供という選択肢もありますので、仮に奥さんの卵巣に問題があっても、あなたが父親になる途《みち》はありますよ」

「しかし、先生、日本では原則として妻以外の卵子を使って受精させることは禁じられてるんでしょ？」

「その点については、抜け道もあります」

「抜け道といいますと？」

「とにかく、ご夫婦でわたしのクリニックにいらしてください」

「わかりました。それでは妻と相談して、また連絡させてもらいます」

「そうしてください」

相手が電話を切った。

最上はスマートフォンを懐に戻し、セブンスターをくわえた。抜け道とは、いったい何なのか。春名は金で雇った連中に卵子や精子を集めさせて、こっそり不妊治療を施《ほどこ》しているのだろうか。

少し春名をマークしてみることにした。

最上は煙草を喫い終えると、ドライバーズ・シートに凭《もた》れ掛かった。

産院から四十年配の男が姿を見せたのは九時二十分ごろだった。眉が濃く、目が大きい。髪型はスポーツ刈りだ。春名だろう。

院長と思われる男は、黒いポルシェに乗り込んだ。

最上は充分な車間距離を取ってから、ドイツ製の高級車を尾行しはじめた。

ポルシェは住宅街を抜け、目黒通りに出た。柿《かき》の木坂《ぎざか》方面にしばらく走り、世田谷区等々《とど》力《ろき》の邸宅街に入った。

最上は慎重に追尾《ついび》しつづけた。

やがて、ポルシェはひときわ大きな邸《やしき》の石塀《いしべい》の際に停められた。だが、春名と思われる四十男は車から降りなかった。

最上はポルシェの数十メートル後方にスカイラインを停め、すぐにヘッドライトを消した。すでにポルシェのヘッドライトは消されていた。マークした男は、なぜ車を降りようとしないのか。誰かの自宅を張り込む気なのだろうか。

最上は訝《いぶか》しく思った。

待つほどもなく豪邸から三十歳前後の女性が現われた。派手な顔立ちで、毛皮のコートを着ていた。女はポルシェに駆け寄り、素早く助手席に入った。どうやら男とは親しい間柄らしい。

ポルシェが走りはじめた。

最上は尾行を再開した。黒い高級外車は近くの玉川ＩＣから第三京浜道路に入った。最上は追った。ポルシェは横浜新道を走り、横浜横須賀道路に入った。三浦半島の衣笠《きぬがさ》まで進み、二十分ほど県道を走る。

小田和《おだわ》湾の少し手前で左折し、古びた洋館の敷地内に停まった。

周囲は雑木林で、民家は見当たらない。誰かの別荘なのだろう。

最上は洋館の手前でスカイラインを停止させた。少し時間を遣《や》り過ごしてから、静かに車を降りる。最上は洋館の前まで歩き、表札を仰《あお》いだ。

野口《のぐち》という苗字だった。女性の姓なのか。とうに二人は洋館の中に吸い込まれ、影も形もない。

門の鉄扉《てっぴ》は開け放たれたままだ。

最上は周りに人の目がないのを確認してから、内庭に忍び込んだ。洋館に近づき、耳に神経を集める。階下の照明は煌々《こうこう》と灯《とも》っていたが、人の話し声は聞こえない。

最上は建物の裏手に回った。

と、浴室からシャワーの音が響いてきた。戯言《ざれごと》も聞こえる。

最上は浴室の窓の際まで歩き、ふたたび耳を澄ました。男がシャワーを使い、女は湯船に沈んでいるようだ。

「ご主人が亡くなって、もう丸一年が過ぎたんだな」

「ええ」

「四十五歳も年上の男とよく結婚する気になったね」

「死んだ野口と一緒にいると、わたし、少女に戻れたのよ。ひたすら彼に甘えることができたの」

「野口氏を男として愛してたわけか」

「ええ。嫌いじゃなかったわ」

「しかし、狙いは六十数億円の資産だったんだろう？」

「何度も言ったように、財産だけが目当てじゃなかったの。死んだ主人は、とても頼り甲斐《がい》があったのよ」

「志保《しほ》の言ってることは、どうもきれいごとに聞こえるな。野口氏が存命中に、きみはわたしとずっと不倫をしてたんだから」

「仕方がないでしょ。生身の女なんだから。半年以上もセックスレスだったら、浮気心も起こるわよ」

「それで、このわたしを遊び相手に選んだ」

「ただの遊びだったら、二年もつづかないわ。ね、春名さん、こっちに来て」

志保と呼ばれた女性が鼻にかかった声で言った。

シャワーの音が途絶《とだ》え、産婦人科医が浴槽に入る気配が伝わってきた。湯のあふれる音も耳に届いた。

一瞬、静寂が浴室を支配した。

すぐに唇を吸い合う音が生々しく洩れてきた。志保が喘《あえ》ぎはじめた。どうやら春名が志保の性感帯を愛撫しているらしい。志保が嬉《うれ》しそうに言った。

「あら、逞《たくま》しくなってる」

「きみがすごくセクシーだから……」

「お風呂の中で、しちゃう？」

「そうするか」

春名が胡坐《あぐら》をかく気配がした。志保が短く呻《うめ》いた。二人は対面座位で交わったのだろう。

「志保、来年の春に再婚しないか」

「わたしが野口から相続した遺産を狙ってるんでしょ？　わたしと再婚すれば、クリニックの建て直しができるものね」

「故人の金なんか当てにしてない。きちんとした形を取りたいだけだよ。二人とも独り身になったんだから、正式に一緒になったほうがいいと思うんだ」

「もう少し考えさせて。その代わり、クリニックの赤字分はわたしが補ってあげる」

「借りた金は、そのうち必ず返すよ。サイドビジネスが軌道に乗りそうなんだ」

「それはよかったわね」

「再婚のこと、真剣に考えてみてくれないか」

「ええ、いいわ。でも、いまは行為に集中させて」

「そうしよう」

二人が喘ぎながら、激しく動きはじめた。

春名は、どんなサイドビジネスをやっているのか。ひょっとしたら、非合法な不妊治療をしているのかもしれない。

最上は浴室から離れた。

2

玲奈が右手を差し出した。

最上は、玲奈の掌《てのひら》にワイヤレスの盗聴マイクを載《の》せた。小指の先ほどの大きさだ。

スカイラインの中だった。春名産婦人科医院から少し離れた場所だ。春名を三浦半島まで尾行した翌日の夕方である。

「一般の診療時間はとうに終わってるから、中に入れてもらえるかしら？」

助手席で玲奈が言った。いくらか不安げだった。

「春名が応対に現われたら、不妊治療の相談に乗ってほしいと頼むんだ。そうすれば、診察室に通してくれると思うよ」

「そうだといいんだけど」

「盗聴マイクは上着の胸ポケットに忍ばせてくれないか。襟元に付けると、バレる恐れがあるからな」

「わかったわ」

「それじゃ、うまくやってくれ。きみなら、やれるだろう」

最上は恋人の肩を軽く叩いた。玲奈が黙ってうなずき、静かにスカイラインを降りた。

最上は目で玲奈を追う。

玲奈が急ぎ足で春名産婦人科医院に向かった。最上は焦茶《こげちゃ》のレザージャケットのポケットから、ＦＭ受信機を摑み出した。

煙草の箱よりも、ひと回り小さい。イヤフォンは、すでにジャックに差し込んであった。

玲奈が産院の玄関先に立ち、インターフォンを鳴らした。

最上はイヤフォンを左耳に嵌《は》め、周波数を合わせた。ちょうどそのとき、産院の玄関ドアが開けられた。姿を見せたのは四十年配のスポーツ刈りの男だった。

「春名先生ですね？」

玲奈が相手に確かめた。

「そうです。患者さん？」

「不妊治療の相談に乗っていただけないでしょうか？」

「診察時間じゃないんだが、ま、いいでしょう。入ってください」

春名が玲奈を院内に入れた。すぐに玲奈は診察室に通された。

「お名前は？」

春名の声だ。玲奈が笹森玲子《ささもりれいこ》という偽名を使った。

「年齢は？」

「二十八歳です」

「結婚されていますね？」

「はい。二年前に結婚しました。夫は三十一歳で、コンピューター・エンジニアです」

「ご夫婦で検査を受けられたことは？」

「あります。わたしの卵巣が発育不全で、夫も一般の男性よりも精子の数が少ないと診断されました。無精子症というわけではないので、夫のほうに問題はないそうです」

「あなた、生理不順なのかな？」

「ええ、そうですね」

「一応、内診《ないしん》してみましょう。診察台に横たわってください」

「先生、待ってください」

「どうしました？」

「きょうは問診《もんしん》だけにしていただけないでしょうか。わたし、生理中なんですよ」

「そういうことなら、問診だけにしておこうか」

「はい」

「生理痛は？」

「重いほうだと思います。わたしたち夫婦には、もう子供を授《さず》かるチャンスはないのでしょうか？」

「排卵があるわけだし、ご主人も無精子症ではないようだから、妊娠は可能ですよ。ただし、一般のご夫婦よりは妊娠する確率は低いでしょうね」

「先生、どうすれば早く赤ちゃんができるんでしょう？」

「夫婦生活のとき、奥さんは腰の下に枕かクッションを当ててください。それから、事後はしばらく動かないほうがいいな」

「そうすれば……」

「確実に妊娠するとは言えませんが、その可能性は大きくなるでしょう」

「わたしたち、一日も早く子供が欲しいんです。先生、体外受精をしてもらえないでしょうか？」

「それは、もう少し様子を見てからにしましょう。あまり焦《あせ》らないことです」

「は、はい。ついでといってはなんですけど、わたしの姉のことも少し相談させてもらってもよろしいですか」

「お姉さんも、まだお子さんがいらっしゃらない？」

春名が訊いた。

「ええ、そうなんです。というよりも、姉は子供を産めない体になってしまったんです。三年ほど前に卵巣に悪性の腫瘍《しゅよう》が見つかって、結局……」

「卵巣をそっくり切除したんですね？」

「はい。姉夫婦は、ずっと子供を欲しがってたんですよ。だから、かわいそうで。先生、わたしの卵子と義兄の精子で受精は可能ですよね？」

「ええ、それはね」

「その受精卵を姉の子宮に入れれば、出産できるんでしょ？」

「可能は可能です。しかし、国内で第三者の卵子を使うことは、いろいろ問題があるんですよ。それに、あなたの卵子を使うと、お姉さんにいずれ心理的な拘《こだわ》りが生まれると思うな。別に自分の妹が夫と性行為をしたわけじゃないとわかっていても、生まれてくる子はあなたと義兄の赤ちゃんなんですから」

「そういうことになりますね」

「いっそアメリカで、第三者の卵子の提供を受けたほうがいいんじゃないかな」

「外国人女性の卵子と義兄の精子を使って、受精卵を……」

「卵子提供者は白人や黒人だけじゃありません。東洋人女性もいるんですよ。もちろん、日本人の卵子も手に入ります。お姉さん夫婦の場合は、海外で第三者の卵子を提供してもらったほうがいいと思うね」

「そうでしょうか」

「実はわたし、アメリカの大手不妊治療会社の日本代理店の責任者をやっているんですよ。本業の患者さんが少なくなったので、サイドビジネスをやらざるを得なくなったんです。その会社は卵子や精子を売っているばかりじゃなく、代理母出産のお手伝いもしています。日本と違って、アメリカは不妊治療ビジネスが盛んなんですよ。もちろん、合法的なビジネスです」

「そういう商売があるという話は雑誌で読んだことがあります。でも、費用が高いんでしょ？」

玲奈が問いかけた。

「卵子の購入だけなら、それほど費用はかかりません。ご夫婦の渡米費、卵子代、受精卵着床までの入院費など一切を含めても四百五十万円程度ですね。わたし、数十組のご夫婦のお世話をしました。そのうちの六組は代理母出産でした。代理母出産の場合は、日本円にして最低一千万円の費用がかかりますけどね」

「先生は、アメリカの親会社から紹介料みたいなものを得てらっしゃる？」

「ええ。サイドビジネスで少し稼がないと、ここが立ち行かなくなっちゃうんでね」

「お医者さんはみんな、儲けていると思っていましたけど、案外、大変みたいですね」

「中小や個人病院は、どこも青息吐息《あおいきといき》ですよ。そうだ、お姉さんに親会社のパンフレットを渡してもらおう」

「先生、その前に伺いたいことがあるんですが……」

「なんでしょう？」

「国内でも、第三者の卵子を入手する方法があるんじゃありません？　ほら、一年ぐらい前から知能指数の高い美女たちが三十人ほど拉致されて、麻酔で眠らされてる間に卵子を抜き取られるという事件が相次ぎましたよね。多分、非合法な卵子・精子バンクみたいなものがあるんでしょう。そういうところなら、もっと安く卵子を買えると思うのですけど」

「その一連の事件には関心を持ってるが、闇の卵子・精子バンクがあるという噂は医者仲間からも聞いたことがないな」

「そうですか。知性派美人たちの卵子を奪ってるのは、産婦人科の先生なんでしょうね？」

「いや、そうとは限らない。ちょっとした医学知識のある者なら、卵子の採取は可能なんだ。医学生、看護師、助産師、薬剤師なんかも抜き取れるでしょう。しかし、犯人は卵子を密売しているんじゃないと思いますね。受精卵を子宮に移植するのは、産婦人科のドクターじゃないとできないんですよ。だが、現職の産婦人科医が誰かに卵子を抜き取らせてるとは考えにくい」

「それじゃ、犯人の目的は？」

「おそらく人体の血管、腱《けん》、細胞といったパーツに異常な興味を持ってるんでしょう。日本人にはめったにいないようだが、欧米人の中にはそういう者がいるそうですよ。にたにたしながら、シャーレの上の卵子を電子顕微鏡《けんびきょう》で覗《のぞ》いてるのかもしれないな」

「そんな変質者っぽい人間がこの日本にいると考えただけで、ぞっとします」

「ほんとだね。とりあえず、パンフレットを差し上げましょう」

春名が椅子から立ち上がる気配が伝わってきた。スリッパの音も聞こえた。

春名を怪しんだのは見当外れだったのかもしれない。彼がきのう電話で『抜け道がある』と言ったのは、アメリカでの卵子提供や代理母出産のことだったのだろう。春名は日本人の不妊カップルをアメリカの不妊治療ビジネス会社に紹介して、口銭《こうせん》を得ているようだ。

最上は長嘆息《ちょうたんそく》して、イヤフォンを外した。

二分も経たないうちに、玲奈が春名産婦人科医院から出てきた。最上は煙草に火を点けた。

ふた口ほど喫ったとき、スカイラインの助手席のドアが開けられた。寒風とともに玲奈が車内に入ってくる。

「音声、ちゃんと拾えた？」

「ああ、遣《や》り取りは鮮明に聴こえたよ。春名のサイドビジネスは、国内での非合法不妊治療じゃなさそうだな」

「僚さんの推測は外れたみたいね。これがアメリカの親会社のパンフレットだって」

「そう」

最上は写真入りのパンフレットを受け取って、ルームランプを点けた。パンフレットの説明文は英語だったが、日本語の訳文が添えてあった。

不妊治療法はケースごとに紹介され、費用も記載されていた。

「春名は、このサイドビジネスの収入と野口志保から借りたお金でクリニックの赤字を埋めてたんじゃない？　ポルシェやマイバッハを売ろうとしないのは、志保からお金をまだ借りられると思ってるからなんじゃないのかな」

「そうなのかもしれない」

「念のため、野口志保に会いに行ってみる？」

「行っても、無駄骨を折るだけだろう。どこかで夕食を喰おう」

「そうする？」

玲奈がワイヤレス・マイクを最上に返し、シートベルトを着用した。最上は盗聴マイクと

ＦＭ受信機をダッシュボードに収め、穏《おだ》やかにスカイラインを走らせはじめた。玲奈がシートに凭《もた》れ掛かった。

最上は白金《しろかね》に気の利いたイタリアン・レストランがあることを思い出した。パスタ料理はボリュームがあって、値段も手頃だった。安くてうまいワインも取り揃えてある。

数十分で、目的のレストランに着いた。

店の駐車場にスカイラインを置き、二人は奥まったテーブル席に着いた。

魚介料理やパスタを注文する。ワインは玲奈の好みで北イタリア産の白を選び、最上はノンアルコールドリンクをオーダーした。

少し待つと、料理とワインが卓上に並んだ。二人はグラスを傾けながら、食事を摂《と》りはじめた。

「食事中にはふさわしくない話だけど、春名が言ってた犯人像について、僚さんはどう思う？」

玲奈が問いかけてきた。

「その種の変質者の犯行だとしたら、三十人もの女性の卵子を手に入れたがるだろうか。卵子そのものの形や色は、それほど違いがないと思うんだ」

「でしょうね。となると、やっぱり誰かが非合法の卵子・精子バンクの類《たぐい》を……」

「おれは、そう睨んでる」

「地検の永瀬という公判部の検事と若手物理学者がセクシーな美女に逆ナンパされて、精液を持ち去られたって話だったわよね」

「うん」

「同じ目に遭《あ》った男性が、その二人のほかにも大勢いるのかな？」

「おそらく、たくさんいるんだと思うよ。しかし、そいつらに実害があったわけじゃないから、誰も警察には駆け込まなかったんだろう。美人局《つつもたせ》めいたことをされていれば、何人かの男が交番に走ったんだろうがな」

「でしょうね。使用済みのスキンを持ち去った女は、永瀬検事の正体を知ってるような感じだったんでしょ？」

「永瀬は、そう言ってた」

「それじゃ、エリート男性が計画的に精子を奪われたのね」

「と考えられるな」

最上は答えて、白ワインを口に運んだ。

「医師免許を剝奪された元産婦人科医が五人いるということだったわよね？」

「ああ。その連中を調べてみようと思ってる。元ドクターのリストは、職場のおれのロッカーに入れてあるんだ」

「また、不妊で悩んでる夫婦を装って、元ドクターに接触するつもりなの？」

「いや、彼らの自宅やオフィスの電話保安器にヒューズ型の盗聴器を仕掛けようと思ってるんだ」

「それは、いい手ね。それはそうと、イラン人に刺された健という組員の傷が浅かったんで、よかったわ」

「そうだな」

「僚さん、早く組の人たちを堅気にさせてやりたいんでしょ？」

「もちろん、そう思ってる。しかし、ひとり五千万円の更生資金を工面《くめん》するのは容易じゃない。頭が痛いよ」

「ネット関係のベンチャービジネスで巨万の富を築いた若手起業家がペーパーカンパニーを幾つもこしらえて、七、八十億円の所得を隠してる証拠を摑んだの」

玲奈が声をひそめた。

「不景気といっても、ある所にはあるんだな」

「わたし、その起業家に裏で揺さぶりをかけてもいいわよ。五億、ううん、十億円ぐらいは毟《むし》れそうね」

「二代目組長の遺言音声のことを玲奈に話すんじゃなかったな」

「後悔しても、もう遅いわ。わたし、好きな男のためなら、危ない橋だって渡ってみせる」

「その気持ちは嬉しいが、きみまで恐喝屋にさせたくないんだ」

「わたしは、もう共犯者よ。これまでだって、僚さんに協力してきたじゃないの」

「そのことは忘れてくれないか。しかし、玲奈は相棒じゃないんだ。共犯者意識を持つ必要はないんだよ」

「わたし、僚さんの相棒になりたいの。一日も早く深見組を解散してもらいたいのよ。それには、あと五億五千万円が必要なんでしょ？」

「そうなんだが、玲奈を相棒にはしたくないんだ」

「僚さんがわたしのことを大事にしてくれるのはありがたいけど、何か手伝いたいの。二人で若手起業家に大口脱税の証拠を突きつけてやりましょうよ。少なくとも、五億円ぐらいは……」

「玲奈、別れよう」

最上は言った。

「唐突にどうしたの!?　まさか誰かほかに好きな女性ができたわけじゃないわよね」

「そうじゃない。玲奈の気持ちは嬉しいが、おれはきみを本格的に仲間に引きずり込みたくないんだよ。だから、もうおれとはつき合わないほうがいいと思ったんだ」

「いやよ。わたし、僚さんと別れたくないわ。絶対に別れたくないわ。わたし、命懸けで僚さんに惚れてるの」

「おれだって、玲奈をかけがえのない女性と思ってるよ。それだから、恐喝の片棒を担《かつ》がせたくないんだ。裏の仕事でおれが逮捕《パク》られるようなことになっても、それは自業自得《じごうじとく》だな。深見組の隠れ三代目組長なんだから、別に前科なんかどうってことはない」

「わたしだって……」

「玲奈、よく聞いてくれないか。もしも玲奈が手錠打《ワッパ》たれるようなことになったら、身内はともかく、友人や知人は遠ざかるだろう。そんな具合に世間を狭くしてしまったら、愉《たの》しい人生は送れなくなるはずだ」

「わたし、僚さんの妻になる。組長夫人になれば、たとえ前科があっても、どうってことないでしょう？　身内や友達が寄りつかなくなっても、別に寂《さみ》しくなんかないわ」

「いずれ深見組は解散して、おれは組長じゃなくなるんだ」

「………」

「おれは玲奈に辛い思いをさせたくないんだよ」

「僚さんの思い遣《や》りは、よくわかったわ。だけど、別れるなんて言わないで」

「二度とおれの相棒になるなんて言うなよ」

「ええ、わかったわ。でも、いままでと同じような協力はさせて」

「情報収集程度のことは、これからも手伝ってもらえると助かるな」

「ぜひ、手伝わせて」

「よろしく頼む」

「ね、改めて乾杯しない？」

二人は、それぞれグラスを手に取った。グラスを触れ合わせて、それぞれ、ノンアルコールドリンクとワインを口に含んだ。

「この後、何か予定が入ってるの？」

「いや、別に」

「だったら、僚さんの部屋で仲直りしたいな」

玲奈が潤《うる》んだような目を向けてきた。肌を重ねたくなったのだろう。

最上は返事の代わりに、卓上で玲奈の手をさりげなく握った。

3

左腕が痺《しび》れてきた。

最上は玲奈の首の下から、片腕をそっと引き抜いた。自宅マンションの寝室だ。

玲奈は小さく唸《うな》ったが、目は覚まさなかった。

最上たち二人は全裸だった。夜明け前に二度目のセックスをして、そのまま寝入ってしまったのだ。最上は玲奈の体に毛布と羽毛蒲団を掛け直してから、そっとベッドを降りた。

寝室は暖房が効いていた。

最上は真新しいトランクスを穿《は》き、素肌にウールガウンを羽織った。出窓のカーテンの隙間から、朝の光が射し込んでいる。

時刻は七時半を回っていた。

玲奈は九時までに職場に行かなければならない。しかし、もう少し寝かせておいてやりたかった。最上は壁際に置いてあるソファに腰かけ、セブンスターに火を点けた。

前夜と今朝の情事は、ふだんよりも濃厚だった。二人は狂おしく互いの肌を求め合った。

玲奈は何かに憑《つ》かれたように裸身をくねらせ、女豹《めひょう》のように唸った。

最上も牡《おす》になりきった。別れ話が、双方の愛惜《あいせき》の念を掻《か》き立てたのだろう。玲奈のためにも早く五億五千万円を工面して、深見組を解散させよう。好きな女性を前科者にするわけにはいかない。

最上はそう考えながら、短くなった煙草の火を揉み消した。そのとき、弾みで簡易ライターを床に落としてしまった。

その物音が玲奈の眠りを突き破った。

「ごめん、ライターを床に落としちゃったんだ。もう少し寝かせておこうと思ってたんだが……」

「ううん、いいの。いま、何時ごろ？」

「間もなく七時四十分になるな。八時に起きれば、仕事にはなんとか間に合うんじゃないか。なんだったら、車で築地の職場まで送るよ」

「ううん、電車で行くわ。僚さん、ありがとう」

「なんだよ、急に礼なんか言って」

最上は、言葉の意味がわからなかった。

「わたしね、僚さんに大事にされてるって実感できたの。嬉しかったわ。だから、お礼を言いたくなっちゃったのよ」

「それじゃ、おれも感謝の気持ちを表さなきゃな。玲奈と同じようなことを感じたから」

「僚さんの目の動きや仕種《しぐさ》で気持ちは伝わってきたわ。さて、そろそろ起きなくちゃね」

玲奈が仰向けになって、手脚《てあし》を大きく伸ばした。

「コーヒー、淹《い》れようか？」

「シャワーを浴びたら、わたしが淹れるわよ」

「そんなことしてたら、遅刻するぞ。それに、きみはゲストなんだ。おれに任せろって」

最上はソファから立ち上がり、そのまま寝室を出た。

LDKは少し寒かった。最上は大急ぎでエアコンを作動させ、ダイニングキッチンで湯を沸かしはじめた。

そのすぐ後、バスローブ姿の玲奈が寝室から姿を見せた。

「シャワー、借りるわね」

「いちいち断ることないのに」

「だって、わたしはゲストなんでしょ？」

「まいったな。喰いものは冷凍ピザとイングリッシュ・マフィンしかないんだ。どっちがいい？」

「朝からピザは、ちょっと重いな」

「わかった」

最上は指でOKサインをこしらえた。

玲奈が浴室に足を向けた。最上はオーブントースターで二人分のイングリッシュ・マフィンを焼き、冷蔵庫の中を覗いた。ハムも卵もあった。サラダ菜とセロリも残っている。

最上は手早くハムエッグをこしらえ、サラダ菜とセロリを添えた。料理は嫌いではなかった。しかし、自炊することはめったにない。ひとりで食事をしても、うまくないからだ。

焼き上がったマフィンにバターをたっぷりと塗り、食卓に並べた。ちょうど二つのマグカップにコーヒーを注ぎ終えたとき、玲奈が浴室から出てきた。

「一応、朝食の用意ができたよ」

「身繕《みづくろ》いをしてから、ご馳走《ちそう》になるわ」

「そのままの恰好《かっこう》でいいじゃないか」

「でも、バスローブよ。いくらなんでもだらしがないでしょ？」

「気にすんなって。おれだって、まだ顔も洗ってない。ハムエッグが冷めないうちに一緒に喰おうよ」

「お行儀悪いけど、そうしちゃおうかな」

玲奈が茶目っ気たっぷりに言って、ダイニングテーブルに着いた。最上も椅子に坐った。

二人は差し向かいで、朝食を摂《と》りはじめた。

「ハムエッグもマフィンもおいしいわ。でも、こんなしどけない恰好《かっこう》で食事をしてると、なんだか恥ずかしいな。十年以上連れ添った夫婦だって、ここまではやらないんじゃない？」

「中途半端なものを身につけてるから、かえってみっともないのかもしれない。いっそ二人とも素っ裸になって、マフィンを齧《かじ》るか？」

「それって、最悪よ。やっぱり男と女の間には、ある種の慎《つつし》みがあったほうがいいと思うわ」

「そうだな」

最上は素直に同調した。

食事が終わると、玲奈は寝室で身仕度をした。それから彼女は洗面所で歯を磨《みが》き、薄化粧を施した。それほど時間はかからなかった。

玲奈があたふたと玄関に急いだ。最上は玲奈を送り出すと、バスルームに入った。

頭髪と全身を手早く洗って、髭《ひげ》も剃《そ》った。歯を磨き、顔にローションをはたき込む。

部屋を出たのは九時過ぎだった。

最上はスカイラインを秋葉原に走らせ、電気部品店でヒューズ型盗聴器を十個まとめ買いした。それから、職場に顔を出した。

部長の馬場はいなかったが、同僚検事が七、八人いた。だが、誰も最上には朝の挨拶《あいさつ》すらしなかった。最上は気にも留《と》めなかった。むろん、彼も同僚たちを黙殺した。

最上は自分のロッカーに近づき、捜査資料の写しの中から医師免許を失った元産婦人科医のリストを抜き取った。五人とも都内在住だった。

覚醒剤に溺《おぼ》れた者が二人もいた。鎮痛剤を半グレ集団に横流ししていた女医は、若いホストに金品を貢《みつ》いでいた。

医療ミスを繰り返していたベテラン産婦人科医は、アルコール依存症だった。手術中も隠れて酒を呷《あお》っていた。児童買春で逮捕された中年ドクターは患者たちの性器をこっそり接写し、インターネットの闇サイトで密《ひそ》かに売り捌《さば》いていた。被害者数は三百人にものぼった。

医者も人の子ということか。それにしても、お粗末な連中だ。資格を剝奪されても仕方ないだろう。こいつらの中に一連の事件の首謀者がいてくれると、楽なのだが……。

最上はリストを上着のポケットに突っ込むと、ロッカーから離れた。刑事部フロアを出て、エレベーターに乗り込む。

最上はスカイラインを駆って、元産婦人科医たちの自宅を一軒一軒回りはじめた。

電話保安器は、たいがい道路から見える位置に設置されている。しかし、真っ昼間に他人の邸内に無断で忍び込み、ヒューズ型盗聴器をセットするのは思いのほか難しかった。家の者が出払っていても、防犯カメラや隣近所の人々の目がある。通行人に怪しまれそうにもなった。

　五人の元産婦人科医の自宅の電話保安器に盗聴器を仕掛け終えたのは、午後五時過ぎだった。

　それぞれの家の近くの繁《しげ》みの中に、自動録音装置付きの受信機を置いてきた。盗聴器を仕掛けた家の電話が使われるたびに、その会話が収録される仕組みになっていた。最長九十分の録音が可能だった。

　したがって、いちいち張り込んで音声を盗聴する必要はなかった。定期的に自動録音装置付き受信機を回収し、録音音声を聴けばいい。

　しかし、それで完璧《かんぺき》ではなかった。仮に元ドクターの中に事件関係者がいたとしても、実行犯たちと固定電話で連絡を取り合っているとは限らない。携帯電話《ガラケー》かスマートフォンを使われたら、処置なしだ。ただ、旧型の携帯電話やスマートフォンは市販の広域電波受信機《マルチ・バンドレシーバー》でたやすく他人に遣《や》り取りを盗み聴きされてしまう。秘密を第三者に知られたくない場合は、固定電話を使うのではないか。それに望みを託《たく》そう。

　最上はスカイラインを発進させ、最後にヒューズ型盗聴器を仕掛けた元産婦人科医の自宅から遠ざかった。渋谷区恵比寿二丁目だった。

職場に戻っても、特に職務があるわけではない。最上は車を飯田橋の塒《ねぐら》に向けた。

スカイラインを数百メートル走らせたとき、懐でスマートフォンが鳴った。最上は片手運転をしながら、スマートフォンを耳に当てた。交通違反は承知だ。

「神崎です」

恵美の声は何やら切迫感を孕《はら》んでいた。

「何かあったんですね？」

「は、はい。マンションの集合郵便受けに、おかしなＤＶＤが投げ込まれてたんです」

「おかしなＤＶＤ？」

「ええ、そうです。ＤＶＤを観《み》たら、わたしが全裸で横たわってるシーンが鮮明に映っていました」

「昔の彼氏か誰かに、そういう映像を撮らせたことは？」

「ありません。銀座の裏通りでわたしを拉致した男たちが、恥ずかしい姿をこっそり撮ったんだと思います」

「ＤＶＤを投げ込んだ相手から、何か連絡は？」

最上は畳みかけた。

「十五分ぐらい前に、正体不明の男から電話がかかってきました」

「声から察して、いくつぐらいの奴でした？」

「何か口に含んでいるようで、声は不明瞭だったんですよ。でも、まだ若い感じでしたね。二、三十代だと思います」

「相手の要求は？」

「恥ずかしい映像のデータを百万円で買い取れと脅迫されました。ポストに入ってたDVDはコピーしたものらしいんです」

「それで、あなたはどう返事をしたんです？」

「とっさにわたし、そんなお金はないと答えました。すると、相手の男は消費者金融の無人契約機でも金は借りられると言いました。すぐに百万円用意しなければ、例の映像は裏DVD屋に売ると……」

「で、あなたはどう答えたんです？」

「少し時間が欲しいと言いました。そうしたら、とにかく午後七時までに百万円を用意しておけと。映像データとお金の交換場所は七時過ぎに電話で教えると言って、相手は一方的に通話を切り上げたんです。最上さん、どうしたらいいんでしょう？」

恵美は、いまにも泣きだしそうだった。

「落ち着いて、よく聞いてください。脅迫者は、あなたを拉致した犯人たちのひとりと思われます。映像データを百万円で買い取る振りをして、うまく相手と接触してください。こっちは取引場所の近くに隠れてて、現われた奴を取り押さえます」

「怖いわ」

「大丈夫ですよ」

「それに、手許には三十万円弱の現金しかないんです。銀行のATMでキャッシュカードを使えばお金は引き下ろせますけど、体が竦《すく》んでしまって……」

「いま、あなたは元麻布のアトリエにいるんですね？」

「はい。一週間ほどマンションに泊まり込んで仕事をするつもりなんです」

「それじゃ、部屋で待っててください。見せ金の百万円は、こっちが用立てますよ」

「そこまで最上さんにご迷惑をかけるわけにはいきません。わたし、これから銀行に行ってきます」

「マンションの外には出ないほうがいいな。危険ですよ。脅迫者が近くに潜《ひそ》んでるかもしれないんで」

「そうかもしれませんね」

「できるだけ早くお宅に行きます。それまであなたは部屋から出ないでください。誰か訪ねてきても、絶対に部屋には入れないように」

「は、はい」

「いま、恵比寿にいます。二十分前後で、あなたの部屋に行けるでしょう」

最上は電話を切ると、目で銀行を探しはじめた。地下鉄広尾《ひろお》駅のそばに、メガバンクの支店があった。ATMの窓口は明るかった。

最上はスカイラインを路肩《ろかた》に寄せ、銀行のATMに走った。無人だった。

キャッシュカードを使って、自分の複数の預金口座から計百万円を引き出した。札束を銀行の白い封筒に突っ込み、車に駆け戻る。

札《さつ》の枚数は確かめなかった。しかし、まず間違いはないだろう。

スカイラインを走らせる。『元麻布アビタシオン』まで、ほんのひとっ走りだった。

最上はスカイラインをマンションの少し手前に駐《と》めて、あたりを注意深くうかがった。不審な人影は見当たらない。

最上は大股で『元麻布アビタシオン』の表玄関に歩み寄り、集合インターフォンの前に立った。美人版画家の部屋番号を押すと、スピーカーから恵美の声が洩れてきた。

最上は小声で名乗った。

部屋の主は、オートロックをすぐに解除すると告げた。最上はエントランスロビーに入り、六階に上がった。

　六〇六号室に入ると、恵美がスリッパラックに腕を伸ばした。

　最上は恵美に導かれ、居間に入った。流し台のあたりから、焦《こ》げ臭《くさ》い空気が漂ってくる。他人に観られたくないＤＶＤを燃やしたのか。

「どうぞお坐りください」

　恵美がリビングソファを手で示した。最上は軽く頭を下げ、ソファに腰を沈めた。すぐに上着の内ポケットから、百万円入りの白い封筒を取り出した。

「これを見せ金にしてください。あなたが映像データを受け取った後、百万円は取り戻しますよ」

「お言葉に甘えてしまって、申し訳ありません。ご用立ていただいたお金を取り戻せなかった場合は、必ず弁償します」

「何がなんでも取り戻しますよ。現われた奴を締め上げます。そうすれば、連続卵子強奪事件の謎が解けるでしょう」

「最上さん、相手は犯罪者なんですよ。おそらく刃物ぐらいは隠し持っているでしょう。ですので、あまり無茶なことはしないでくださいね。あなたが傷つけられたりしたら、わたし、どう償《つぐな》えばいいのか……」

恵美が目を伏せた。

「ご心配なく。こう見えても、多少は格闘技の心得があるんですよ」

「学生時代にボクシングでもやってらしたんですか？」

「いいえ、アメリカ空手を少々ね」

「アメリカ空手という格闘技があるんですか。わたし、知りませんでした」

「でしょうね。空手やキックボクシングなど五、六種の格闘技の長所だけを融合させた新しいマーシャル・アーツなんです」

「よく理解できませんけど、改めて見ると、最上さんは強そうだわ」

「それほどじゃありませんが、チンピラひとりぐらいは倒せると思います。それはそうと、これを渡しておきましょう」

最上は、銀行の封筒ごと札束を美しい版画家に手渡した。

恵美が恐縮しながら、遠慮がちに受け取った。百万円入りの白い封筒は茶色いバッグの中に収められた。

恵美がさりげなく立ち上がって、キッチンに向かった。

「おかまいなく」

「粗茶を差し上げるだけですので」

「お気遣《きづか》いは無用です」

最上は言った。恵美は曖昧《あいまい》に答え、手早く緑茶を淹れた。

二つの湯呑みをコーヒーテーブルに置くと、彼女は最上の前に坐った。優美な坐り方だった。

「露木先輩には、裸の映像のことは黙っててくださいね。女同士でも、そういうことは知られたくないんです」

「あなたがそうおっしゃるなら、彼女に余計なことは喋《しゃべ》りません」

「よろしくお願いします」

「脅迫者から電話がかかってきたら、金を用意したことだけを告げて、受け渡し場所と落ち合う時刻をしっかり確認してくださいね。犯人の指定した場所が遠いようなら、タクシーに乗ってください。こっちは車で、そのタクシーを追います」

「近い場所だったら？」

「自分が先回りして、脅迫者に仲間がいないかどうか探《さぐ》ってから、取っ捕まえるチャンスをうかがいます。歩ける距離だったら、極力《きょくりょく》、ゆっくりと歩いてほしいんだ」

「わかりました」

会話が途絶《とだ》えた。

最上は、ひっきりなしに現場を想定して思考を巡らした。恵美は幾度も深呼吸した。最上は恵美の緊張をほぐすために、積極的にあれこれ話しかけた。

しかし、会話は長くつづかなかった。

恵美のスマートフォンが着信音を鳴らしたのは午後七時五分過ぎだった。その瞬間、彼女はぎくりとした。

「落ち着いて、相手の言葉をよく聞いてください」

最上は言いながら、目顔《めがお》で恵美を勇気づけた。

恵美が神妙な顔つきでうなずき、スマートフォンを摑み上げた。すぐに彼女の体が強張《こわば》った。脅迫者からの連絡にちがいない。

電話の遣り取りは短かった。

恵美は電話を切ると、長く息を吐いた。

「犯人からの電話ですね？」

「はい、そうです。七時半に有栖川宮《ありすがわのみや》記念公園の中にある中央図書館の前にお金を持ってこいとのことでした。百万円と引き換えに例の映像データを渡すと言っていました」

「そう。ここから公園まで、徒歩で十分そこそこだね？」

「ええ」

「あなたは、時間ぴったりに公園に着くようにしてください。自分は先に行ってます」

最上は勢いよくソファから立ち上がった。

4

スカイラインのエンジンを切る。

有栖川宮記念公園の裏門のそばだった。あと八分で、指定された時刻になる。

最上は車を降りて、公園の中に足を踏み入れた。

ここは、麻布台地の地形をそのまま活《い》かした自然公園だ。かなり広い。うっそうとした樹木が連《つら》なり、小さな渓谷《けいこく》まである。池もあった。

中央図書館は園内の反対側に建っている。

最上は池の畔《ほとり》を抜け、早足で遊歩道を進んだ。真夏の夜は、いつもカップルたちの姿がある。

しかし、この季節はさすがに人影はなかった。

ほどなく図書館が見えてきた。窓から灯《あか》りが零《こぼ》れている。

最上は図書館の周りを検《しら》べた。怪しい人影は見当たらなかった。

図書館の外壁伝いに歩いて、建物の前に回り込む。図書館の玄関の斜め前に、二十六、七歳の男が突っ立っていた。

厚手のセーターの上に、黒いダウンパーカを重ねている。下は草色のチノクロスパンツだ。頭には、黒い毛糸の帽子を被《かぶ》っていた。

中肉中背で、のっぺりとした面立《おもだ》ちだった。男は足踏みをしながら、公園の出入口に視線を向けている。脅迫者だろう。

どうやら仲間は近くにはいないようだ。脅した相手が若い女性なので、単独でも不安はないと考えたのだろう。

最上は物陰に身を潜《ひそ》めたまま、様子を見ることにした。

ダウンパーカの男がうまそうに煙草を吹かしはじめた。ヘビースモーカーの最上は釣られて喫煙したくなったが、ぐっと我慢する。暗がりから紫煙が立ち昇ったら、マークした男に不審の念を懐《いだ》かせるだろう。

ダウンパーカの男は半分ほど喫うと、火の点《つ》いた煙草を爪で弾《はじ》き飛ばした。

煙草は数メートル離れた場所に落ちたが、風に煽《あお》られて転がりはじめた。火の粉《こ》が飛び散る。

男が慌《あわ》てふためき、転がる煙草を追った。そして、靴の底で神経質に火を踏み消した。

気の小さい男なのだろう。だから、要求額もほどほどの金額にしたのではないか。

相手が小心者なら、淫《みだ》らな映像データはあっさり引き渡すだろう。少し痛めつければ、犯行の一部始終を吐き、背後にいる人物の名も明かしそうだ。

男が体の向きを変えた。

最上は、男の視線をなぞった。公園の出入口のあたりに恵美の姿があった。

キャメルカラーのロングコートを着ている。素材はカシミヤだろう。

ダウンパーカの男が突っ立ったまま、恵美を手招きした。恵美が小走りに走り、男と向き合った。

男が恵美に何か言った。

恵美が首を横に振り、バッグから白い封筒を取り出した。男は手を大きく振りながら、樹木の中に入り込んだ。人目につかない場所で百万円を受け取りたいのか。

恵美は短くためらってから、男のいる暗がりまで歩いた。最上も中腰で遊歩道を横切り、二人に接近した。

男が恵美の手から札束の入った白い封筒を引ったくって、すぐ中身を確認した。

といっても、紙幣の枚数を数えたわけではない。札束を抓《つま》んで、厚みを確かめただけだ。

「ちゃんと百万円ありますので、早く映像データを渡してください」

恵美が急《せ》かした。

「そう焦《あせ》るなって。約束の物は渡してやるよ。その前に、ちょっとつき合ってくれ」

「それ、どういう意味なんですか？」

「おれ、あんたの裸を直《じか》に見て、映像も何度も観《み》たんだ。でも、雇い主にレイプはするなって言われてたんで、おっぱいも揉まなかった」

「だから、なんだと言うんですっ」

「一度でいいから、ホテルに行こうよ。あんたとセックスしたいんだ」

「約束が違うじゃありませんか！　早く映像データを出してください」

「おれと寝てくれたら、必ず映像データは渡すよ」

「いやです。わたし、警察に行きますよ。わたしのスマホに、あなたの電話番号が記録されてるから身許はわかるはずだわ」

「おれが使った携帯は、だいぶ前に製造されたプリペイド式のやつなんだ。昔は素姓を明かさなくても、プリペイド式の携帯が誰でも買えたんだよ。犯罪に使われるようになったんで、素姓を明らかにしないと、いまはプリペイド式携帯電話は購入できなくなったけどな。以前にプリペイド式携帯電話を大量に買った人間がアンダーグラウンドに流してるんだ。おれが使った電話は、そのうちの一つなんだよ。だから、あんたが警察でおれのことを話しても、身許は割れっこない」

「とにかく、ホテルには行きません」

「それじゃ、ここに入ってる物は渡せないな」

男がダウンパーカの左ポケットを軽く叩いた。

「卑怯《ひきょう》な男ね」

「ホテルに行きたくなかったら、屋外セックスでもいいよ。そこの樹《き》の幹《みき》にしがみついて、尻《けつ》を突き出してくれ。おれ、バックから……」

「離れて！　わたしのそばに来ないで」

恵美が高い声を張り上げ、後ずさりした。

男がせせら笑って、恵美との間合いを詰める。いつの間にか、札束の入った白い封筒は男の手から消えていた。ダウンパーカの内ポケットの中にでも入っているのだろう。

恵美が何かに足を取られて、仰向けに引っくり返った。すかさず男が恵美にのしかかり、彼女の両腕を地べたに押さえつけた。

最上は地を蹴った。

足音に気づいたダウンパーカの男が半身を起こす。最上は男の肩口を掴んだ。引き起こし、相手の顔面に振《ふ》り拳《けん》を叩き込む。

肉と骨が鈍《にぶ》く鳴った。男が横倒しに転がった。

最上は踏み込んで、起き上がりかけた男の顔面を蹴りつけた。鋭いキックだった。

ふたたび男が枯れ葉の上に倒れ、四肢《しし》を縮めた。

最上は片膝を落とし、男のダウンパーカの内ポケットを探った。指先が厚みのある封筒に触れた。

二本の指で挟みつけ、すぐに引き抜いた。やはり、札束入りの封筒だった。ダウンパーカの左ポケットから映像データを摑み出す。

「怖かったわ」

背後で、恵美が言った。最上は立ち上がって、白い封筒と映像データを恵美に渡した。

「先にマンションに戻ってください」

「でも、あなたのことが心配です。わたしも、ここにいます」

「こっちは大丈夫だ。早く部屋に帰ってください」

「あなたを置き去りにはできません」

「帰るんだっ」

「は、はい」

恵美は気圧《けお》されたようで、素直になった。彼女は迷いを見せながら、暗がりから出た。

「だ、誰なんだ⁉」

倒れた男が視線だけを上げた。鼻血を流している。

最上は半歩退《さ》がり、相手のこめかみを無言で蹴った。男の体が百八十度近く回った。唸り声は長かった。

「まず、おまえの名前から聞こうか」

最上は言った。男は野太《のぶと》く唸っただけで、口を開こうとしない。

「今度は腹を蹴ってやろう」

最上は、また足を飛ばそうとした。

そのとき、急に男が跳《は》ね起きた。右手には、アイスピックが握られている。

「あんたこそ、何者なんだよっ。お巡りか？」

「アイスピックを捨てろ！」

「正体を明かさないと、こいつであんたを刺すぞ」

「やめとけ」

最上は忠告した。

だが、無駄だった。男はアイスピックを突き出し、体ごと突進してくる。最上はサイドステップを踏み、横蹴りを放った。

腰を蹴られた男は体をふらつかせた。

すかさず最上はハイキックを見舞った。狙ったのは首筋だった。男が朽木《くちき》のようにぶっ倒れた。アイスピックを握ったままだった。

最上は男に近寄って、右手の甲を踏みつけた。男の手からアイスピックが零《こぼ》れる。最上はアイスピックを灌木《かんぼく》の中に蹴り込んでから、男を捩《ね》じ伏《ふ》せた。

利き腕を大きく捩じり上げると、男は横向きになった。

最上は片手で男の所持品を確かめた。カーゴパンツのポケットに運転免許証が入っていた。それを引き抜き、いったん男から離れた。

男が唸りながら、何か毒づいた。

最上はライターの炎で、運転免許証の文字を読んだ。男は本宮一憲《もとみやかずのり》という名で、二十六歳だった。現住所は品川区平塚になっている。

「さっきのDVDは、本当にマスターなのか？」

「そうだよ」

「コピーしたDVDは、一枚だけじゃないんだろ？　正直に答えなかったら、そっちの利き腕をへし折る。その前に顎《あご》の関節を外してやるよ。大声で叫ばれたら、図書館から人が飛び出してきそうだからな」

「コピーしたのは一枚だけだよ」

「おまえが嘘をついてるとわかったときは、半殺しにするぞ。運転免許証は預からせてもらう。いいな？」

「困るよ。免許証不携帯で検問に引っかかったら、面倒なことになるんでな」

「そのときは運が悪かったと諦《あきら》めろ。それより、一年あまり前から仲間と組んで、首都圏でおよそ三十人の知性派美人を拉致したな？」

「おれは関係ないよ」

本宮が言った。

最上は無言で、本宮の鳩尾《みぞおち》を蹴った。靴の先が深く埋まる。本宮が動物じみた声をあげ、体をアルマジロのように丸めた。

「内臓が血袋《ちぶくろ》になってもいいんだったら、好きなだけ時間稼ぎをしろ」

「おたく、凶暴だね。反社の人間なんじゃないのか？」

「そうだとしたら、どうする？」

「やくざなんだな？」

「好きなように考えろ。何人の女を拉致したんだっ」

「おれたち二人は、十五、六人の女を引っさらっただけだよ。残りは別の奴らが……」

「おまえとコンビを組んでる奴は、片方の耳が潰れてカリフラワーみたいになってるな？」

「おたく、なんでそんなことまで知ってんの!? だいたい神崎恵美とは、どういう関係なんだよ？」

「そっちは、おれの質問に答えればいいんだっ。余計な口はきくんじゃない」

「わ、わかったよ」

「おまえの相棒の名は？」

最上は問いかけた。

「今野《こんの》だよ。下の名は、泰大《やすひろ》だったかな」

「いくつなんだ？」

「同じ年齢《とし》だよ」

「今野とは長いつき合いなのか？」

「いや、まだ一年弱のつき合いだよ。歌舞伎《かぶき》町のゲーム賭博《とばく》の店で、よく顔を合わせてたんだよ。たまたま同い年《タメ》だったんで、なんとなく仲良くなったんだよ。それに、どっちもニートだったから。おれ、一年半前までサラリーマンをやってたんだけど、リストラ解雇されちゃったんだよ。今野は仕事を転々と替えてたらしいけど、詳しいことは何も知らないんだ」

「おまえらは誰に雇われてるんだ？」

「雇い主の名前も知らないんだよ。今野に誘われて、女たちを引っさらう仕事を手伝ってただけなんだ」

「まだ粘《ねば》る気らしいな」

「そうじゃない、そうじゃないって。おれは本当に知らないんだ。今野は知ってると思うけどね」

本宮が両腕で顔面を庇《かば》いながら、早口で答えた。園灯の光がかすかに本宮に届いている。嘘をついているようには見えなかった。

「おまえらは、拉致した女たちをどこに連れ込んだんだ？」

「もう勘弁してくれよ」

「言わなきゃ、また蹴りを入れるぞ」

「今野とおれのアパートが多かったけど、モーテルに連れ込んだこともあるよ」

「そうか。今野のアパートは、どこにあるんだ？」

「笹塚《ささづか》だよ。『緑風荘』って古いアパートの一〇一号室を借りてる」

「拉致した女性たちの卵子を抜き取ったのは、おまえらじゃないな？」

「今野とおれは女たちを拉致して、素っ裸にしただけだよ。おれら、女たちを姦《や》ってないし、卵子も奪《と》ってない。ひとり十五万円の報酬で、拉致だけを引き受けてたんだ。ただ、おれたちは個人的に小遣い稼ぎをしたくて、麻酔で眠ってる女たちの裸身を盗み撮りして、後で……」

「恐喝材料にしてたんだなっ」

「うん、まあ。けど、口止め料を得られたのはたったの三人だけだったよ。ファックシーンを撮ったわけじゃないんで、あまり脅しにはならなかったんだろうな。三人分を併《あわ》せても百万ちょっとにしかならなかった。きょうは神崎恵美から、百万円せしめられると思ってたんだが……」

「その三人の女性から口止め料を受け取ったとき、ホテルに連れ込もうとしたのか？」

「うまく連れ込めたのは、たったのひとりだよ。その女、おっぱいが小さかったんで、あまり興奮しなかったな」

「クズが！」

最上は義憤に駆られ、本宮の喉笛のあたりを蹴った。本宮が転がりはじめた。

「話を元に戻すぞ。拉致した女性たちの卵子を抜き取ったのは、どこの誰なんだっ。そいつのことを喋ってもらおう」

「おれは、その男のことを知らないんだ。女たちを裸にすると、今野がそいつに連絡してたんだよ。おれたちはその男がアパートに到着する前に、部屋の外に出てろって言われてたんでさ。おれは、一度も卵子を集めてる男の顔を見たことないんだ。今野は何度か会ってるようなことを言ってたけど」

「そいつは、元産婦人科医じゃないのか？」

「今野は何も教えてくれなかったけど、そうなんだろうな。素人《しろうと》じゃ、卵子なんか抜き取れないもんね」

「その男は卵子だけじゃなく、精子も集めてるんじゃないのか？」

「精子もだって!?」

「ああ。セクシーな美女たちに色仕掛けを使わせて、エリート男性たちの精子を採取させてるんじゃないのかっ」

「そんな話は、今野から一度も聞いたことないな」

「それじゃ、おれが今野って奴に直《じか》に訊いてみよう。立て！」

「おれをどうする気なんだよ!?」

「今野のいる場所にこっちを案内するんだ」

「どこにいるかわからないよ。あの男は、いつも遊び歩いてるんでね」

「今野はスマホを持ってるな？」

「持ってることは持ってるよ」

「起き上がって、今野に居場所を電話で訊くんだっ」

最上は声を張った。

本宮がのろのろと起き上がって、ダウンパーカの内ポケットからスマートフォンを取り出した。そのとき、図書館の方から二つの人影が近づいてきた。男と女だった。

最上は目を凝《こ》らした。なんと女は恵美だった。彼女は男に片腕を摑まれていた。

「おっ、今野じゃないか」

本宮が声を弾ませた。最上は本宮を羽交《はが》いじめにして、今野に大声で怒鳴った。

「相棒の首を折られたくなかったら、彼女から手を放すんだ」

「おれは丸腰じゃないんだぜ。中国製トカレフのノーリンコ54を持ってる」

「はったりをかますな」

「待ってろ。いま、ノーリンコ54を見せてやっから」

今野が言いながら、足を速めた。

最上はもう一度、闇を透《す》かして見た。確かに片耳の潰れた男は、拳銃を握りしめていた。

暗すぎて、ノーリンコ54かどうかは確認できなかった。

「て、手を放せよ。女が撃たれてもいいのかっ」

本宮が身を捩《よじ》った。最上は忌々《いまいま》しかったが、本宮から離れた。

今野が恵美の脇腹に銃口を押し当て、足を止めた。

本宮が恵美に走り寄り、バッグを乱暴に奪った。札束の入った白い封筒とＤＶＤを取り出し、自分のダウンパーカのポケットに突っ込んだ。

「金はくれてやるよ。だから、ＤＶＤは彼女のバッグの中に戻せ！」

最上は本宮に言った。本宮は歪《ゆが》んだ笑みを浮かべ、恵美のバッグを足許に落とした。

「汚い奴だ」

「うるさい。黙れ！　これ以上、偉そうなことを言うと、神崎恵美をおまえの目の前で姦《や》っちゃうぞ」

「本宮、面白そうじゃないか。本当に女を姦っちまえよ」

今野が仲間をけしかけ、最上に両膝を地面に落とせと命じた。

最上は恵美の身の安全を考え、やむなく命令に従った。今野が恵美に足払いを掛けた。恵美が枯れた下生えの上に倒れる。

「本宮、早く姦《や》れ！」

今野が急《せ》かした。

本宮が恵美に覆《おお》い被さり、片手で口許を塞《ふさ》いだ。もう一方の手で、ウールコートの裾を捲《まく》り上げた。

「いいぞ、いいぞ」

今野は本宮の動きにすっかり気を奪《と》られてしまっている様子だ。拳銃を持った右手は下がっている。

反撃のチャンスだ。

最上はそっと体を浮かせた。膝を発条《ばね》にして、今野に組みつく。最上は右手首をしっかりと摑み、今野を押し倒した。右肘を今野の眉間《みけん》に落とし、拳銃を奪い取る。

まさしくノーリンコ54だった。ハーフコックになっていた。

ノーリンコ54には、いわゆる安全装置がない。撃鉄《げきてつ》をハーフコックにすることで、暴発を防ぐわけだ。最上は起き上がって、今野の腰を蹴った。今野が丸太のように転がり、敏捷《びんしょう》に身を起こした。

最上は撃鉄を一杯に起こした。

そのとき、今野が不意に身を翻《ひるがえ》した。樹木の間を巧《たく》みに通り抜け、一目散に逃げ去った。

本宮は上体を起こし、茫然《ぼうぜん》としていた。最上はノーリンコ54で威嚇《いかく》しながら、本宮に近づいた。

「相棒は、おまえよりも自分のほうがかわいいんだろう」

「まさか撃つ気じゃないよな？」

「金とＤＶＤを渡すんだ」

「わかったよ。両方とも渡すから、撃たないでくれーっ」

本宮が立ち上がり、ダウンパーカのポケットを探った。恵美が身を起こして、襟元を掻き合わせた。

本宮が札束の入った白い封筒とＤＶＤを差し出した。最上は両方を受け取り、映像データだけを恵美に渡した。

恵美がバッグを拾い上げ、急いでＤＶＤをしまった。

「大丈夫？」

最上は恵美に声をかけた。

「ええ。救《たす》けていただいて、ありがとうございました」

「なあに。逃げた奴は、どこにいたんです？」

「公園の出入口の近くに隠れていました。いきなり拳銃を見せられたんで、竦《すく》み上がってしまって、声もあげられなかったんです」

「そうだろうな。マンションまで送っていきましょう。まだ今野という男が近くに潜《ひそ》んでるかもしれないからね」

「あなたは、どうなさるおつもりなの？」

「神崎さんを自宅マンションに送り届けたら、本宮を弾除《たまよ》けにして、今野の自宅アパートに押し入ろうと思ってます」

「それは危険すぎます」

「拳銃をぶんどったから、心配ありませんよ」

「でも……」

「ご心配なく。さ、マンションに戻りましょう」

「わたし、ひとりでも平気です。明るい道を選んで帰りますので」

恵美が言った。

「いや、大事を取りましょう」

「わかりました。それでは、お願いします」

「ええ」

最上は恵美に言って、本宮のベルトの後ろに手を掛けた。

「今野は当分、自分のアパートには寄りつかないよ。あいつの部屋に行っても、無駄だと思うがな」

本宮が言った。最上は黙って本宮を押した。

二人が歩きだすと、後ろから恵美が従いてきた。公園の外に出ても、今野の姿はどこにも見当たらなかった。

第三章　怪しい起業家の過去

1

部屋は真っ暗だった。人のいる気配も伝わってこない。笹塚の『緑風荘』の一〇一号室だ。

今野の部屋は、道路に面していた。見通しはいい。

最上は本宮の片腕を摑み、アパートの前の路上に立っていた。今野から奪ったノーリンコ54はベルトの下に挟んである。

午後八時半を過ぎていた。寒気が鋭い。吐いた息が、たちまち綿菓子のように白く固まる。

「やっぱり、おれの言った通りだったな。いくら待っても、今野は塒《ねぐら》に戻ってこないよ」

本宮がダウンパーカの襟を立てながら、勝ち誇ったような口調で言った。

「今野の行きつけのゲーム賭博店や飲み屋は知ってるな？」

「知ってるけど、今夜はそういう店には行かないと思うよ。あいつ、割に用心深いから。公園でも何が起こるかわからないからって、今野はおれから離れた場所で様子をうかがってたんだ。だから、マンションに戻ろうとしてた神崎恵美を、いったんは押さえることができたんだよ」

「奴は、いつもノーリンコ54を持ち歩いてたのか？」

「半年ぐらい前からね」

「おまえらの雇い主が今野にノーリンコ54を与えたんだな？」

最上は訊いた。

「いや、違う。あいつは、今野は歌舞伎町の上海《シャンハイ》マフィアからノーリンコ54を手に入れたんだ。十発付きで二十八万円で買ったと言ってた」

「拳銃を買う気になったのは、女性を拉致しやすいと思ったからなのか？」

「それもあると思うけど、ゲーム賭博店にはヤー公たちが出入りしてるから、護身用に買ったんだろうな」

「おい、今野に電話をかけてみろ」

「無駄だと思うけどなあ」

本宮はそう言いながらも、懐から自分のスマートフォンを取り出した。

最上は煙草に火を点けた。本宮が通話アイコンをタップする。だが、電話は繋がらないようだった。口は閉じたままだ。

「今野はスマホの電源を切ってる」

本宮がそう言い、自分のスマートフォンを最上の耳に近づけた。嘘ではなかった。

「まだ張り込むつもり？」

「ああ」

「それなら、車の中で待とうよ。こんなとこに突っ立ってたら、凍《こご》え死んじゃう」

「いいだろう。車の中に戻れ」

最上は、ふたたび本宮の片腕を捉《とら》えた。スカイラインまで連れて行き、先に後部座席に乗せた。本宮のかたわらに自分も乗り込む。

車内はヒーターで暖かい。

「おれ、逃げないよ。だから、おたくは運転席に移ってくれないか。男にこんなふうに引っつかれると、なんか落ち着かないんだ」

「そっちは大事な弾除《たまよ》けだから、離れるわけにはいかない」

「まいったな」

本宮が諦《あきら》め顔で言って、背凭《もた》れに上体を密着させた。

最上はベルトの下からノーリンコ54を引き抜き、膝の上に置いた。弾倉には、七・六二ミリ弾が八発詰まっている。

笹塚に着いたとき、マガジンを引き抜いて実弾数をチェックしたのだ。撃鉄はハーフコックにしてあった。

「おたく、拳銃の扱いに馴《な》れてる感じだな。いったい何者なんだよ？　最初は、やくざかなって思ったけど、どうもそうじゃなさそうだ」

「余計な口はきくなと言ったはずだっ」

最上は銃口を本宮の脇腹に押し当てた。本宮が身を強張《こわば》らせ、口を噤《つぐ》んだ。

時間が虚《むな》しく流れた。

十時を過ぎたとき、本宮が沈黙を破った。

「もう限界だな。小便、ずっと我慢してたんだ。ちょっと車を降りてもいいだろ？」

「立ち小便する振りをして、逃《フケ》げる気になったらしいな」

「違うって。ほんとに小便が洩れそうなんだ。この車、小便で汚してもいいのかよ？」

「そうはさせない」

最上は先に外に出て、本宮を引きずり下ろした。

本宮が脇道に目をやった。最上はうなずき、本宮を脇道まで歩かせた。少し先に建築資材置き場があった。本宮は資材置き場の隅に立ち、放尿しはじめた。最上は本宮の斜め後ろに立った。

「ふうーっ、さっぱりした」

本宮がチノクロスパンツのファスナーを閉めると、急に走りだした。建材の間を走り抜け、奥に向かっている。

最上は追った。

本宮がコンクリートの万年塀《まんねんべい》をよじ登りかけている。最上は走り寄って、銃把《グリップ》の角で本宮の背中を強打した。本宮が呻《うめ》いて、地面にずり落ちる。

最上は屈《かが》み込んで、ノーリンコ54の銃口を本宮の側頭部に突きつけた。

「やっぱり、思った通りだったな」

「もう勘弁してくれよ。おれ、ちゃんと今野のアパートまで案内したじゃないか。くどいようだけど、おれは今野に頼まれて拉致を手伝っただけなんだ。それだけで弾除《よ》けにされたんじゃ、割に合わないよ」

「泣き言は聞きたくない。立て、立つんだっ」

「足を挫《くじ》いたみたいなんだ。痛くて、すぐには立てないよ」

本宮が右の足首をさすりながら、そう言った。

最上はノーリンコ54をベルトの下に戻し、両腕を本宮の腋の下に潜《くぐ》らせた。

本宮を引き起こそうとしたとき、最上は左の太腿に衝撃と痛みを覚えた。ふつうの銃弾ではなさそうだ。麻酔弾なのか。

最上は片膝をつき、左の腿の後ろに手をやった。

アンプル状の物が突き刺さっていた。麻酔ダーツ弾かもしれない。

最上はアンプルに似た物を引き抜こうとした。

その瞬間、尖鋭《せんえい》な痛みに襲われた。どうやらダーツ弾の針には、返しが付いているらしい。

最上は歯を喰《く》いしばって、ダーツ弾の針を引き抜いた。激痛に見舞われた。

本宮が起き上がり、建材の向こう側に逃げ込んだ。

最上はノーリンコ54を握り、体をターンさせた。人影がゆっくりと近づいてくる。黒革のロングコートを着た女だった。黒いブーツを履《は》いている。

年恰好《としかっこう》は判然としなかったが、動作は機敏だった。まだ二十代だろう。

正体不明の女は右手に洋弓銃のような物を提《さ》げている。手製のダーツガンだろうか。

「止まらないと、撃つぞ」

最上はノーリンコ54の撃鉄《ハンマー》を掻《か》き起こし、引き金《トリガー》に人さし指を深く絡《から》めた。

ロングコートの女が立ち止まる。六、七メートル離れた場所だった。

「おれに撃ち込んだのは麻酔ダーツ弾だな？」

「ええ、そうよ。もうすぐ意識が混濁《こんだく》するわ」

「卵子強奪グループの一員なんだろう？」

「否定はしないわ」

「そっちがボスなのかっ」

「さあ、どうでしょう」

「ダーツガンを捨てろ！」

最上は銃把に両手を添えた。

女が、せせら笑った。そのすぐ後、最上は自分の体が揺れるのを感じた。視界もぼやけた。

数秒後、何もわからなくなった。

それから、どれだけの時間が経過したのだろうか。

最上は、ふと我に返った。鉄製のベッドに仰向けに寝かされていた。ベッドの支柱に樹脂製の結束バンドで四肢を括《くく》られている。

十畳ほどの洋室だった。ベッドのほかには、家具や調度品は見当たらない。

ここは、どこなのか。

最上は手脚に力を込めた。しかし、縛《いまし》めは少しも緩《ゆる》まなかった。

結束バンドは本来、電線や工具を束ねるときに用いられるものだが、犯罪者たちは手錠代わりに使っている。アメリカの警官たちも同じ目的で、結束バンドを使用していた。針金よりも、はるかに頑丈だった。

部屋には、誰もいなかった。本宮と黒革のロングコートの女は、どこに消えてしまったのか。服は脱がされていない。ノーリンコ54は当然、敵に取り上げられただろう。

「おれをどうする気なんだっ」

最上は大声を張り上げた。

ややあって、ドアの向こうから靴音が響いてきた。最上は幾分、緊張した。

体の自由を奪われた状態で殺されてしまうのか。不安が胸を嚙む。

ドアが開いた。

姿を見せたのは、黒革のロングコートを羽織った女だった。コートのボタンは、きちんと掛けられている。ブーツの音が近づいてきた。

最上は女の顔を見た。

目に少し険《けん》はあるが、目鼻は整っている。美人と呼んでも差し支えはないだろう。二十四、五歳に見えた。

「やっとおめざめね」

「ここはどこなんだ？」

「都内某所よ。それしか教えられないわ」

「本宮はどうしたんだ？」

「自分のアパートで高鼾《たかいびき》をかいてると思うわ」

「今野は？」

「どこかで遊んでるんじゃないかな。あなた、東京地検刑事部の検事だったのね」

「おれの身分証明書を見たようだな」

「ええ、見せてもらったわ。でも、身分証明書、それから運転免許証や財布も奪《と》ってないわよ。拳銃は没収したけどね」

「おれをここで始末するつもりなのか？」

「検事を殺したりしたら、面倒なことになるわ。だから、殺したりはしないわよ」

「それなのに、なぜ、おれを生け捕りにした？」

「あなたに協力してもらいたいことがあったからよ」

「協力だって!?」

「ええ、そう。すぐにわかるわ」

謎めいた笑みを漂わせながら、女がベッドの際《きわ》に立った。最上の足許だった。

女が最上の右足首に喰い込んでいる結束バンドを緩め、チノクロスパンツを膝の下まで一気に下げた。

「おい、何をしてるんだ⁉」

最上は言いながら、右足首を結束バンドから抜こうとした。

だが、女は反撃のチャンスを与えてくれなかった。最上の右足首は、すぐにベッドの支柱にきつく括《くく》りつけられた。

「おれの下半身を剝き出しにして、何をしようとしてるんだっ」

最上は女を睨《ね》めつけた。

女が艶然《えんぜん》とほほえみ、ロングコートのボタンを外した。最上は声をあげそうになった。なんと女は一糸もまとっていなかった。

色白だった。豊かな乳房の血管が透けて見える。ウエストのくびれは深かった。股間の飾り毛は短冊《たんざく》の形に生えていた。

「まさか女のそっちがおれを……」

最上は悪い夢を見ているような気がした。およそ現実感がない。

女が革のロングコートを脱ぎ、ベッドの支柱に引っ掛けた。

「わたしの裸を見ただけじゃ、感じてくれないのね。公判部の永瀬とかいう検事は元AV女優がランジェリー姿になったとたん、すぐにエレクトしたそうよ」

「そうか、読めたぞ。そっちはエリート男性たちの精子を集めてる女たちの仲間なんだな。リーダー格なのか？」

「それだけをやってるわけじゃないわ、わたしは」

「非合法精子バンクの幹部だと言いたいわけか？」

「どうでもいいじゃないの、そんなことは。それより、ちょっと失礼よ」

「何がだ？」

「わたしのナイスバディを見ても、勃起しないのは失礼でしょうが！」

女が言いながら、最上のペニスに手を伸ばしてきた。根元を断続的に握り込まれたが、変化は生まれなかった。

「本当に失礼な男ね」

女は肩を竦《すく》め、黒いブーツを脱ぎ捨てた。すぐに彼女はベッドに這《は》い上がり、最上の胸を跨《また》ぐ形で立った。何をする気なのか。

「これでも感じなかったら、あなたはインポね」

女がからかうように言って、片手で自分の恥毛を掻き上げた。珊瑚色《さんごいろ》の亀裂が露《あらわ》になった。

「やめるんだ」

最上は女を窘《たしな》め、目を閉じた。下腹部が反応しそうになったからだ。

「目を開けて、ちゃんとわたしのシークレットゾーンを見なさいよ」

女が嘲笑し、最上の股の間にうずくまった。今度はペニスを刺激する気なのだろう。

「おれから離れろ！」

最上は語気を荒《あら》らげた。

女が片手で陰茎の根元を握り、もう一方の手指で亀頭を愛撫しはじめた。最上は官能を煽《あお》られ、わずかに頭をもたげた。

ほとんど同時に、女が男根《だんこん》をくわえた。生温かい舌はすぐに乱舞しはじめた。意思とは裏腹に、性器が次第に膨らんでいく。最上は男の性衝動《リビドー》を呪《のろ》った。

女は卓抜な舌技で最上を昂《たか》まらせると、急に顔を上げた。

最上は目を開けた。女がロングコートのポケットを探り、スキンの袋を取り出した。すぐに袋は破られた。

「おれの精子を奪う気だな？」

「そういうこと。あなたは名門大学出の検事で、ルックスも悪くない。精子は高く売れるはずよ」

「おれはエリートなんかじゃない。現にマイナーな部署の一員なんだ」

と言ってから女に向かって、

「いいから、ベッドを降りろ！」

最上は怒鳴った。女が薄く笑って、最上の猛《たけ》った性器に避妊具を被《かぶ》せた。動作は速かった。

「やめろ、やめるんだっ」

最上は全身を捩《よじ》った。

女が最上の腰に跨がり、ペニスを自分の体内に収めた。最上は懸命に気を逸《そ》らした。母が亡くなった日のことを脳裏に蘇《よみがえ》らせてみたが、あまり効果はなかった。恩人の深見隆太郎のことも頭に浮かべた。だが、性器は萎《な》えなかった。

女がダイナミックに腰を弾ませはじめた。自分で、乳首とクリトリスを愛撫している。

最上は一方的に体を弄《もてあそ》ばれた。なんとか射精することだけは避けたい。しかし、快感は薄らがなかった。

突然、女が絶頂を極めた。背を幾度も反らしながら、甘やかに唸りつづけた。痴態を眺めているうちに、最上は自分も果ててしまった。

自己嫌悪に陥った。なんとも惨《みじ》めだ。

女は結合を解くと、スキンを引き剝《は》がした。避妊具の口をきつく結び、革のロングコートのポケットに大事そうにしまった。

「何人の男たちの精子を集めたんだ？」

「もう二十人以上のザーメンを採取したわ」

「闇の卵子・精子バンクの設立者は産婦人科医か、元ドクターなんだな？」

最上は問いかけた。

女は答えなかった。ベッドを滑り降り、黒いブーツを履く。それから彼女は、黒革のロングコートを素肌にまとった。

「久しぶりにエクスタシーを味わえたわ。ありがとうと言うべきかな」

「おれは、もう解放してもらえるのか？」

「そうはいかないわ」

「次のシナリオはどうなってるんだ？」

最上は訊いた。

女は口の端を歪めると、ロングコートから金属製の注射器入れを取り出した。

「また、おれを麻酔薬で眠らせる気かっ」

「そうよ、眠ってもらうわ。せいぜい愉《たの》しい夢を見るのね」

「ふざけるなっ」

最上は吼《ほ》えた。

女が注射器入れの蓋《ふた》を開け、アンプルを抓《つま》み出した。ケースをベッドの端に置き、注射器を取り出す。

「アンプルの中身は何なんだ？」

「リドカインよ。この麻酔溶液を静脈に注射したら、すぐ夢の中ね」

「おれたちは男と女の関係になったんだ。どこかで折り合えるんじゃないのか？」

最上は無駄と知りつつも、相手の気を惹《ひ》いてみた。だが、徒労《とろう》に終わった。

女が冷笑し、逆《さか》さまにしたアンプルの栓に注射針を突き入れた。注射器の中に麻酔溶液が流れ落ちはじめた。

最上は天井に向かって、大声で吼《ほ》えた。

2

むせた拍子に意識を取り戻した。

最上は、茶色いカーペットの上に倒れていた。俯《うつぶ》せだった。室内はあまり広くない。アパートの一室だろうか。

右手の指が赤い。血糊《ちのり》だった。すでに凝固《ぎようこ》している。

視線を泳がせると、床にステンレスの文化庖丁が転がっていた。血みどろだ。刃だけではなく、柄《つか》まで血で汚れている。

最上は弾かれたように起き上がった。そのとき、三畳ほどのキッチンの床に若い男が倒れているのに気づいた。

横臥《おうが》する形だった。その周りには、血溜まりが拡《ひろ》がっている。

「おい、返事をしろ」

最上は呼びかけた。しかし、応答はなかった。

すぐに最上は台所に足を向けた。チノクロスパンツの前は乱れていなかった。黒革のロングコートを着た女がトランクスとチノクロスパンツを整えてくれたのだろう。

最上は、倒れている男の顔を覗き込んだ。

本宮だった。首、肩、背、腹に刺し傷があった。最上は本宮の右手首に触れてみた。脈動は熄《や》んでいた。

どうやら敵は、自分を本宮殺しの犯人に仕立てようとしているようだ。

最上は奥の部屋に戻り、血と脂《あぶら》で汚れた文化庖丁を拾い上げた。

そのとき、テレビのそばにダイレクトメールが落ちているのに気がついた。宛名は本宮一憲様となっていた。

ここは、本宮の自宅アパートなのだろう。

最上は台所に移って、流し台に歩み寄った。水道の蛇口《じゃぐち》を細く捻《ひね》り、文化庖丁の柄に付着した血糊を流しはじめた。

午前三時を回っていた。もっと水を多く出したかったが、隣室の者に怪しまれたくない。

柄の部分の血がシンクに流れ落ちた。

最上はハンカチを取り出し、柄を幾度も拭《ぬぐ》った。昏睡中に自分が庖丁の柄を握らされたことは、ほぼ間違いないだろう。自分の指紋や掌紋を殺人現場に遺《のこ》しておくわけにはいかない。

最上は庖丁の柄にハンカチを被せたまま抓《つま》んで、本宮の死体に近づいた。文化庖丁を血溜まりの中に置いたとき、部屋のドアが開いた。

すぐに三人の制服警官が室内に躍《おど》り込んできた。彼らは、それぞれ警棒を手にしている。

「殺人容疑で逮捕する」

四十歳前後の警官が大声で告げた。

ほかの二人が最上の両側に回り込んだ。どちらも二十代の後半だろう。

「おれは無実だ」

最上は、年嵩《としかさ》の警官に言った。

「往生際が悪い奴だ。手にしてるハンカチは何なんだっ。おまえは人を殺してから、凶器の文化庖丁の柄を洗って、自分の指紋をハンカチで拭い取ったんだろうが？」

「確かに柄の血糊を洗い落として、ハンカチで指紋を消した。それは自分が疑われたくなかったからだ」

「言い逃《のが》れはやめろ！」

四十年配の警官が最上を一喝《いっかつ》し、左側に立った若い同僚に目配せした。
二十七、八歳の小太りの警官が手錠を取り出した。もうひとりの警官は、腰縄を用意した。
「待ってくれ。自分は東京地検刑事部の者だよ」

最上は上着の内ポケットから身分証明書を取り出し、三人の警官に見せた。警官たちは一瞬、顔を見合わせた。

「こっちは誰かに嵌《は》められて、人殺しにされそうになったんだ。嘘じゃない」

「その身分証明書は、どこの偽造屋から手に入れたんだ？　どうせ偽物に決まってる」

四十絡《がら》みの警官が極《き》めつけた。

「これが偽造された身分証明書だと言うのかっ」

「そうなんだろう？」

「なんの証拠もないのに、そういうことを軽々しく言うもんじゃない」

「きさま、偉そうな口をきくな。それじゃ訊くが、ここはきさまの部屋なのか？」

「いや、違う」

「それなのに、どうしてこの部屋にいるんだ？　それも午前三時過ぎにな」

「おれは行きずりの女に麻酔注射をうたれたんだ。それで、ここに運ばれたんだろう」

「もっともらしいことを言うな。きさまはこの部屋に押し入って、本宮さんを刺し殺した。そうなんだろっ。密告電話があったんだ」

「密告電話だって!?」

「そうだ。本宮さんの知り合いの女性から、一一〇番通報があったんだよ。その女性に本宮さんから電話があって、三十代半ばの男が部屋に押し入ろうとしてると言ったそうだ」

「密告した女が、こっちを麻酔で眠らせたようだな」

「いい加減なことを言うなっ」

「おたくたちは、どこの署の人間なんだ？」

「品川区の荏原《えばら》署だよ」

「あいにく荏原署には知ってる刑事がいないな。それじゃ、東京地検刑事部の馬場部長の連絡先を教えよう。馬場部長に電話してもらえば、こっちが東京地検の人間だとわかるよ」

「きさまの話は署で聞いてやる」

「おれに手錠《ワッパ》打ったら、おたくらは奥多摩あたりの駐在所に飛ばされることになるぞ。誤認逮捕の責任は重いからな」

最上は年嵩の警官を見据えた。

四十年配の警官は長く唸《うな》った。小太りの警官が遠慮がちに上司に声をかけた。

「緊急逮捕はまずいかもしれませんね。この男が本当に東京地検の検事だったら、後で厄介《やっかい》なことになるでしょうから」

「うむ」

「任意同行が妥当だと思いますよ」

「そうするか」

年嵩の男が譲歩した。最上は四十年配の警官に顔を向けた。

「事情聴取なら、ここでもできるだろうが！」

「しかし、五分や十分じゃ終わらない。間もなく現場に機捜《きそう》の初動班や鑑識車がやってくる。できたら、署で事情聴取したいな」

「いいだろう」

「それじゃ、一緒に来てくれ」

年嵩の警官が先に部屋を出た。

最上は三人の警官に目で促《うなが》され、廊下に出た。本宮の部屋は二階にあった。アパートは、だいぶ老朽化していた。

錆《さ》びた鉄骨階段を降りて、表に出る。パトカーと白い自転車が見えた。

最上はパトカーの後部座席に四十絡みの警官と並んで坐った。運転席に入ったのは、小太りの男だった。もうひとりは白い自転車のサドルに打ち跨《また》がった。

パトカーが走りだした。所轄署は近かった。

最上は刑事課に連れ込まれた。二人の私服警官が待ち受けていた。四十年配の制服警官が二人の刑事に経過報告をする。
五十一、二歳と思われる刑事が最上に話しかけてきた。
「刑事課の小島《こじま》です。あなた、検事には見えないな」

「身分証明書を見てほしいな」

「応接ソファには毛布なんかが載《の》ってるから、取調室に行きましょうよ」

「こっちを被疑者扱いする気なのかっ」

最上は息巻いた。

「別にそうじゃありませんよ。どうしてもソファのほうがいいとおっしゃるなら、すぐ毛布なんかを片づけます。だけど、椅子には髪の毛や頭垢《ふけ》がたくさん落ちてるだろうな。それでも、いいんですか？」

「取調室で事情聴取に応じよう」

「それでは、こちらにどうぞ」

小島と名乗った刑事が案内に立った。

取調室に入ると、もうひとりの刑事が自己紹介した。椿《つばき》という姓だった。三十八、九歳だろうか。

最上はスチールデスクを挟んで小島と向かい合った。椿はドアの近くに立った。

「殺された男とは、どういう関係だったのかな？」

小島が問いかけてきた。

「こっちをまだ疑ってるのかっ。早く馬場部長に電話をしてくれ」

「こんな時間じゃ、先方が迷惑するでしょう。それに、たとえあなたが検事だとしても、疑惑が多すぎる」

「繰り返すが、こっちは行きずりの女に殺人犯に仕立てられたんだ」

「その女のことをもう少し詳しく聞かせてもらいましょうか」

「年齢は二十四、五歳で、黒革のロングコートを着てた。身長は百六十二、三センチだろう。

笹塚の建築資材置き場で立ち小便してたら、いきなりスプレーの噴霧《ふんむ》を顔面に吹きかけられたんだ。怯《ひる》んだ隙に女はこっちの服の袖口を捲《まく》って、麻酔注射を……」

最上は苦し紛《まぎ》れに言い、左腕の袖口を捲《めく》った。小さな注射痕がうっすらと残っていた。

「確かに注射痕らしいね。しかし、それだけであなたが麻酔注射をうたれたということにはならない」

「これは取り調べなのか！」

「いいえ、ただの事情聴取ですよ。それで、麻酔注射をされたのはいつなんです？」

「昨夜の十時過ぎだったかな。笹塚に住んでる知り合いの家を辞去して間もなく、急に尿意を覚えたんだ」

「その知り合いの氏名と住所は？」

「これじゃ、取り調べじゃないかっ。不愉快だ。帰らせてもらう」

「そんなふうに怒ったりすると、余計に立場が悪くなりますよ。知り合いの方に迷惑はかけません。ただ、裏付《ウラ》けを取りたいだけなんです」

「相手は人妻なんだ。夫が出張中なんで、彼女の自宅に遊びに行ったんだよ。だから、その知り合いの名や住所を教えたくないんだ」

「人妻とよろしくやってたのか」

小島がにやついた。

「プライバシーにまで立ち入ってもらいたくないな」

「しかし、あなたは殺人現場にいた。相手のことを教えてもらわないとね」

「教えられないな」

最上は挑む気持ちで言った。

「そんなふうに非協力的だと、事情聴取を取り調べに切り替えざるを得なくなるな。なにしろ、あなたは犯行現場で凶器に付着してた指紋を拭ってたんだから」

「それについては、さっき弁明したじゃないか」

「あなたの話には説得力がない。状況から疑われても、仕方ないでしょう。あなた、被害者と揉み合ったんじゃないの？」

「揉み合った？」

「そう。チノパンの腿《もも》のとこに小さな穴が空いてるし、血痕もこびりついてる」

「それは、立ち小便をする前に石につまずいて転倒したからだろう」

「蹴つまずいて、腿の後ろに怪我するかっ」

小島の語尾に、椿の尖《とが》った声が重なった。

「おたく、もっと素直になったほうがいいんじゃないの？　仮に本物の検事だとしても、犯した罪は消せないよ」

「おれを犯罪者扱いするな！」

「被害者と何かトラブルがあったんでしょ？」

「殺された男とは一面識もなかったんだ。そんな相手とトラブルを起こせるわけないだろうが！」

最上は言い返した。

ちょうどそのとき、取調室のドアがノックされた。椿という刑事がドアを開けた。

ドアの向こうには、あろうことか綿引が立っていた。

「どなたです？」

椿が問いかけた。

「本庁捜一の綿引といいます」

「まだ荏原署に捜査本部は設置されていませんが……」

「そこに坐られてる東京地検の最上検事殿のことで、ちょっとお邪魔したんですよ」

「お知り合いなんですか!?」

「ええ、よく存じ上げています」

綿引が答えた。

椿が小島に救いを求めるような眼差《まなざ》しを向けた。小島が椅子から立ち上がって、綿引に名乗った。

「もしかしたら、最上検事殿に殺人の嫌疑がかけられたのではないかと思いまして、こちらに伺った次第です。そうだとしたら、それは見当違いです」

「どういうことなのでしょう？」

「いま、説明します。わたし、ある事件の内偵で本宮一憲のアパートを張り込んでいました。そのとき、不審な二人の男がぐったりとしている最上検事を本宮の部屋に運び入れたんです。二人組は数十分後に部屋から飛び出してきて、車ですぐに走り去りました。所轄の無線で本宮が自室で刺殺されたことを知って、もしや最上検事が疑われてるのではないかと思いまして……」

「そうだったんですか。綿引さん、そのときのことを詳しく話してもらえます？」

「わかりました」

綿引が即座に答えた。

「こっちは、もう引き取らせてもらいたいな」

最上は小島に声をかけた。

「ええ、結構です。あなたには、すっかりご迷惑をかけてしまいました。どうかご勘弁ください」

「急に言葉遣《づか》いが丁寧《ていねい》になったな」

「あまりいじめないでくださいよ。あなたが現職の検事さんとわかりましたので、それなりの敬意を表しませんとね」

小島がおもねるように言った。最上は立ち上がり、取調室を出た。

「綿引《ワタ》さん、助かったよ」

「どういたしまして。検事殿、外で待っていただけますか。ちょっと話したいことがありますので」

綿引が小声で言った。

最上は黙ってうなずき、先に表に出た。まだ夜は明けていなかった。

綿引が本宮のアパートを張り込んでいたという話は、事実なのだろうか。事実だとしたら、彼も一連の事件を追っているようだ。それにしても、なぜ綿引は自分を窮地《きゅうち》から救ってくれたのだろうか。

最上は煙草を吹かしながら、首を傾《かし》げた。

綿引は事件に関する情報を欲しがっているのではないか。そうとしか考えられなかった。

十五分ほど待つと、綿引がようやく荏原署の玄関から姿を現した。向かい合うなり、彼が口を開いた。

「検事殿、大変な目に遭《あ》われましたね」

「綿引《ワタ》さんのおかげで、一応、疑いは晴れました。礼を言います。ありがとうございました」

「わたしは目撃したことを話しただけです」

「殺された本宮とかいう男をマークしてたのは、事実なんですか？」

最上は訊いた。

「ええ」

「本宮は何をやったんです？」

「それは検事殿もご存じでしょ？」

「おかしなことを言うんだな。本宮なんて奴とは会ったこともありませんよ」

「そんなあなたが、どうして本宮殺しの濡衣《ぬれぎぬ》を着せられなければならないんです？　検事殿、連続卵子強奪事件のことを調べてますよね」

「いや、調べてませんよ」

「また、おとぼけですか。実はわたし、連続卵子強奪事件に個人的に関心を持ちまして、非番のときに捜査を進めてきたんですよ」

「それはまったく知らなかったな。それで、いったい本宮という男は事件にどう関わってたんです？」

「知的な美女たちを拉致した犯人グループのひとりと思われます。そのことは、検事殿もご存じだったんでしょう？　それだから、本宮殺しの犯人に仕立てあげられそうになった。わたしは、そう推測したんですよ」

「綿引さんは何か誤解してるようだな」

「あくまでも空とぼけるおつもりですか。検事殿は何か理由《わけ》があって、裏仕事をされてるようですが、一つ忠告させてもらいます。悪人狩りも結構ですが、検事殿が法を破ったときは手錠《ワッパ》を打つことになります」

「こっちは別に危《ヤバ》いことなんかしてませんよ」

「検事殿がそうおっしゃるなら、そういうことにしておきましょう」

「綿引さん、それで事件の背景はかなり透《す》けてきたんですか？」

「いいえ、まだ大きな収穫はありません。ただ、本宮がリストラされた直後、ある起業セミナーを受講してたことははっきりしています」

「そのセミナーの主宰者は誰なんです？」

「なぜ、そのような質問を？」

「特に深い意味はありません。いまの質問は撤回しましょう」

「馬脚を現わしたと後悔なさったのかな？」

「別にそうじゃありません」

「ま、いいでしょう。セミナーの主宰者は、百数十店舗の百円ショップを全国展開している『ワンプライス』という会社の岸辺芳喜《きしべよしのぶ》社長です」

「『ワンプライス』の社長のインタビュー記事を週刊誌で読んだ記憶があるな。岸辺とかいう社長はなかなかのアイディアマンで、いろんな新商売を次々に手がけてきた人物でしょ？」

「ええ、そうです。まだ四十三歳ですが、起業家をめざす若手サラリーマンたちの教祖的な存在です。ネットカフェ、ショッピングモール広告会社、地下アイドルの育成、ペットのオークション会社とニュービジネスを次々に興《おこ》したんですが、三年前から百円ショップをメインの事業にしています」

綿引が言った。

「ええ、読んだ記事にもそう書いてありました。綿引《ワタ》さんは、本宮という奴を操《あやつ》ってたのは、その岸辺だと睨んでるわけか」

「おや、ずいぶん事件に興味がおありなんですね」

「妙な勘繰《かんぐ》りはやめてほしいな。会話の流れで、そう言っただけですよ」

「そうですか。検事殿、お車は？」

「きのうから友人に貸してあるんです」

とっさに最上は言い繕《つくろ》った。スカイラインは、今野のアパート近くに路上駐車したままだった。

「それでは、わたしの覆面パトカーで飯田橋の自宅マンションまでお送りしましょう」

「せっかくですが、この先にあるファミリーレストランでひと休みしたいんですよ」

「そうですか。それでは、ここで失礼します」

「それじゃ、また！」

最上は軽く手を振り、綿引に背を向けた。

ファミリーレストランに入る振りをしてから、こっそり車道に戻った。五、六分待つと、タクシーの空車が通りかかった。

最上は、そのタクシーで笹塚に向かった。自分の車を取りに行くためだ。

3

客は疎《まば》らだった。

最上は店内を見回した。ＪＲ池袋駅の近くにある昭和レトロ感たっぷりの喫茶店だ。

私立探偵の泊は奥のテーブル席に着いていた。本宮が自宅アパートで何者かに殺されたのは、いまから五日前だ。その翌日、最上は泊に今野泰大の居所を突きとめてくれと頼んだ。きのうは元産婦人科医たちの自宅を回り、盗聴音声を聴いてみた。しかし、何も収穫はなかった。

泊から今野の隠《かく》れ家《が》がわかったという電話がかかってきたのは、きょうの午後二時過ぎだった。最上は泊と会って、詳しい話を聞く気になった。こうして午後六時に、この店で落ち合うことになったのだ。

「今野が『ワンプライス』の社員寮に寝泊まりしてるのは間違いないんだな？」

最上は坐るなり、開口一番に確かめた。

「ええ。今野泰大は、上板橋《かみいたばし》にある『ワンプライス』の社員寮に四日前から泊まっていました」

「ということは、どこかの百円ショップで働いてるのか」

「いいえ、そういうわけじゃないようです。寮の管理人の話によると、今野は一日中ほとんど自分の部屋に籠《こも》ってるそうです。食事も、ほかの社員たちとは少し時間をずらしてるという話でした。今野は社員寮に匿《かくま》ってもらってるんでしょう」

泊がそう言い、上体を反らした。ウェイトレスが最上のオーダーを取りに来たからだ。

最上はブレンドコーヒーを注文し、セブンスターをくわえた。ありがたいことに、喫煙できる店だった。ウェイトレスが遠ざかると、泊が前屈《まえかが》みになった。

「旦那、殺された本宮一憲が岸辺の起業セミナーの受講者だったことも間違いありませんでしたよ」

「やっぱり、そうか。で、『ワンプライス』の社長の前歴を調べてくれたな」

「ええ。岸辺芳喜は早明《そうめい》大学の商学部を三年で中退してから雑多な職業に就《つ》いた後、三十一歳から四年ほど医療マフィアと呼ばれてる病院乗っ取り屋をやってました」

「かつては病院乗っ取り屋だったのか」

「そうなんですよ。そのとき、詐欺と私文書偽造容疑で検挙《アゲ》られたんですが、どちらも不起訴処分になっています。おそらく関係者に鼻薬をきかせたんでしょう」

「だろうな」

「そんなことがあったんで、岸辺は医療マフィアから足を洗って、いろんなニュービジネスを手掛けるようになったんです。もともと商才があって目端《めはし》がきく男だったんで、マスコミでニュービジネスの旗手と持ち上げられるようになったんでしょう」

「そうなんだろうな」

最上は長くなった煙草の灰を指ではたき落とした。そのとき、コーヒーが運ばれてきた。会話が中断した。

岸辺は以前、病院乗っ取り屋だったという。そうした前歴なら、非合法生殖ビジネスを思いつく可能性はありそうだ。知り合いの産婦人科医もいるにちがいない。

「必要なことは一応、メモしておきました」

ウェイトレスが下がると、泊が紙切れを卓上に置いた。それには、『ワンプライス』の本社の所在地のほか、岸辺社長の自宅や社員寮の所番地も記されていた。

最上はメモを上着のポケットに収め、懐から二十万円入りの封筒を取り出した。

「検事、それは謝礼ですか？」

「そう。二十万入ってる」

「それはありがたいな。遠慮なく頂戴します」

泊が顔を綻《ほころ》ばせ、封筒を受け取った。

「岸辺は妻子持ちなんだろう？」

「ええ。子供は中二の娘がひとりだけです」

「愛人は？」

「そこまで調べ上げる時間はなかったんですよ。しかし、愛人はいそうだな。金を掴んだ男たちは、たいてい女好きですんで」

「そうだな」

最上はコーヒーを半分ほど啜《すす》り、伝票を抓《つま》み上げた。

「旦那、もう少し時間をいただけます？」

「はるか年下のおれに人生相談でもする気になったのかな」

「面白い冗談ですね。それはともかく、こないだも言いましたが、誰かを咬《か》むんだったら、わたしも仲間に入れてくださいよ。わたしは、もう若くありません。ここらで少しまとまった金を手にして、レストランか何かやりたいんですよ」

「おたく、何か思い違いをしてるな。こっちは悪党狩りをしてるが、何も疚《やま》しいことなんかしてないぞ」

「よく言うなあ」

「いったい何をしてるって言うんだ、このおれが？」

「喰えないお方だ」

泊が苦笑して、コップの水を飲んだ。

最上は薄く笑い返して、ソファから立ち上がった。支払いを済ませ、先に店を出る。

スカイラインは少し離れた裏通りに駐《と》めてあった。裏通りに足を踏み入れたとき、上着の内ポケットでスマートフォンが震動した。最上は歩きながら、スマートフォンを耳に当てた。

「検事、ぼくです」

発信者は検察事務官の菅沼だった。

「なんか慌《あわ》てた様子だな」

「区検《くけん》のマドンナがA棟のすぐ前で、ワンボックスカーに乗った男たちに拉致されそうになったんですよ」

「なんだって!?」

最上は驚いた。区検のマドンナと騒がれている二十六歳の女性検事は、並の女優が裸足《はだし》で逃げ出したくなるような美人だ。頭脳も明晰《めいせき》だった。

「マドンナは合気道の有段者ですんで、犯人たちを捻《ひね》り倒して難を逃れました。犯人どもは慌てて逃げたそうです」

「そうか」

「最上検事、マドンナを引っさらおうとしたのは例の卵子強奪事件の犯人グループの一味なんではないでしょうか？」

「それ、考えられるな。で、マドンナは犯人グループの車のナンバーを見たんだろうか」

「見たそうです。すぐに警察の照会センターで調べてもらったらしいんですが、偽造ナンバーだったというんですよ」

「そうか。しかし、マドンナは犯人たちの人相着衣《ニンチャク》は見てるだろうから、一連の連続事件の解明に繋がるかもしれないな」

「それがですね、二人の男はアメリカの人気男優のゴムマスクを被ってたらしいんですよ。ふざけた奴らだ」

「ゴムマスクで顔面を覆《おお》ってたのか」

「そうみたいですよ。一連の事件の拉致犯はどいつも顔なんか隠してなかった。そのことを考えると、ちょっと推測に自信が持てなくなっちゃいます」

「きみの推測は正しいと思うよ。おそらく一連の拉致事件の実行犯は、少し慎重になりはじめたんだろう。これまで三十一人もの女性を無防備に引っさらって卵子を抜き取ることに成功してるが、そんなことはいつまでもつづくわけはないと思いはじめたんだろう」

「そうなんでしょうか。一応、マドンナのことを最上検事の耳に入れておこうと思ったんで、お電話したんです」

「それは、わざわざありがとう」

最上は礼を言って、スマートフォンを耳から離した。

スカイラインまで、あと数十メートルだった。

最上はマイカーに乗り込むと、まず上板橋に向かった。川越街道《かわごえ》をたどって、東武東上線の上板橋駅の少し手前を右折した。『ワンプライス』の社員寮は造作なく見つかった。

軽量鉄骨造りの二階建てだった。それほど大きな建物ではない。

最上はスカイラインを社員寮の少し先に停め、さりげなく降りた。通行人を装って、社員寮の前を何度か往復してみた。しかし、外から社員寮の中の様子はわからなかった。最上は少し迷ったが、社員寮の玄関に向かった。

玄関先で声をかけると、奥から六十歳前後の男が現われた。最上は素姓を明かして、相手が管理人であることを確かめた。

「検事さんが訪ねてらっしゃるなんて、初めてのことです。うちの社員が何か問題を起こしたのでしょうか?」

管理人がおずおずと訊いた。

「そうではありません。ある事件の聞き込みなんですよ。事件内容は具体的には話せませんがね」

「それで、誰を呼べばいいのでしょう？」

「四日ほど前から、今野君がこの寮にいますよね？」

「は、はい。岸辺社長が四日前の晩に今野君を連れてきて、しばらく彼を泊めてやってくれと……」

「今野君は『ワンプライス』に入社したんですか？」

「いいえ、そういう話は社長から聞いておりません。はっきりと社長が言ったわけではありませんけど、個人的な知り合いだというニュアンスのことは口にしておりました」

「そうですか。で、今野君はどの部屋にいるんです？」

「もう彼は、ここにはいません。一時間ほど前にお世話になりましたと挨拶して、ひとりで寮を出ていきました」

「どこに行くと言ってました？」

「行き先は言いませんでした」

「そうですか。今野君は岸辺社長と電話で連絡を取り合ってました？」

最上は問いかけた。

「さあ、どうなんですかね。彼はめったに部屋から出てきませんでしたから、何をしてたのかよくわからないんですよ。もしかしたら、スマホで社長と連絡を取り合ってたのかもしれないな」

「彼のほかに、社長が個人的な知り合いを何日か寮に泊めてくれと言ったことは？」

「そういうことはありませんでした」

「管理人さん、岸辺社長は何か新しいビジネスを興《おこ》したんですか？」

「そういう話も聞いたことはないな。社長が何か事件に関与してるのでしょうか？」

「いいえ、そういうわけじゃないんです。参考までに伺っただけですよ」

「あのう、検事さんが来られたことを社長に報告してもいいんですか？」

管理人がためらいがちに言った。

「できたら、内聞《ないぶん》に願います」

「ということは、やっぱり岸辺社長は何かまずい立場にあるんですね？　家内の勘は、当たってたんだな」

「それは、どういう意味なんです？」

「いえね、家内のやつ、夫婦でここの管理人になることに最初は難色を示してたんですよ。大きな声では言えませんが、どうも社長は胡散《うさん》臭そうだからと……」

「なるほど」

「検事さん、本当のことを教えてください。社長は手が後ろに回るようなことをしてるんじゃありませんか？　そういうことなら、わたしたちは管理の仕事を早めに辞めたいんです。犯罪者から給料を貰うわけにはいきませんから。こう見えても、わたしはかつて教育者だったんですよ」

「学校の先生をしてらしたのですか」

「ええ、不況になる前までね。好景気のころに株と分譲マンションを買って、資産を増やそうと思ったんです。しかし、莫大な借金が残っただけでした。親から相続した自宅まで競売にかけられて、ついに宿なしになってしまったんです。子供に恵まれなかったことが、いまとなっては、かえってよかったのかもしれません」

「月並な言い方ですが、人生、悪いことばかりじゃないと思います。ご夫婦で頑張ってください」

「はい。それで、どうなのでしょう？」

「あなた方ご夫婦は、ここでずっと管理の仕事をつづけられると思いますよ。どうもお邪魔しました」

最上は一礼し、社員寮を出た。この時刻なら、まだ岸辺は本社ビルで仕事をしているだろう。最上は車に乗り込み、高田馬場《たかだのばば》に向かった。

『ワンプライス』の本社ビルは、高田馬場四丁目にあるはずだ。川越街道から山手通りを進み、中落合《なかおちあい》一丁目の住宅街に入る。ＪＲ高田馬場駅方向にしばらく走ると、やがて目的のビルが見えてきた。

六階建てだが、間口《まぐち》はそれほど広くない。地階は駐車場になっていた。

最上はスカイラインを『ワンプライス』の本社ビルの少し手前に停めた。一服してから、スマートフォンを手に取る。

会社の代表番号をタップすると、若い女性が電話口に出た。

「毎朝日報《まいちょうにっぽう》経済部の者ですが、岸辺社長にお取り次《つ》ぎ願えますか？」

最上は全国紙の記者に成りすました。

電話が岸辺に繋《つな》がれた。

「経済部の鈴木《すずき》と申します。用件というのは、取材の申し込みなんですよ。来月から『ニュービジネスの先駆者たち』という連載コラムを十回にわたって載せるんですが、岸辺社長にもぜひ取材に協力していただきたいんです」

「喜んで協力しますよ。当方がお願いしたいぐらいです。発行部数六百万部の全国紙にわが社の名が載るだけで、大変な宣伝効果がありますのでね。取材には全面的に協力させてもらいます」

「それでは、来週早々にお目にかかれますか？」

「いいですよ。記者さんの都合に合わせます」

「それではスケジュールを確認してから、もう一度ご連絡させていただきます」

最上は通話を切り上げた。社内に岸辺がいることを確かめるための偽電話だった。長電話は無意味だし、リスキーでもある。

最上はダッシュボードからラスクとビーフジャーキーを取り出し、交互に齧《かじ》りはじめた。張り込み用の非常食だ。どちらもたいしてうまくはないが、空腹感を充《み》たすことはできる。

最上は食べ終えると、シートの背凭《もた》れを倒した。岸辺が出てくるのを辛抱強く待ちつづける。

本社ビルの地下駐車場から灰色のレクサスが走り出てきたのは、午後八時過ぎだった。

最上は目を凝《こ》らした。レクサスを運転しているのは、なんと今野だった。

斜め後ろには、岸辺が坐っている。雑誌のインタビュー記事に添えてあった顔写真よりも、少し老《ふ》けた感じだ。

最上はレクサスを追尾《ついび》しはじめた。

レクサスは早稲田通りに出ると、飯田橋方面に進んだ。銀座の高級クラブにでも行くのか。最上はそう思いながら、レクサスを追いつづけた。

やがて、レクサスは九段下《くだんした》にあるシティホテルの地下駐車場に入った。やや間《ま》を取ってから、最上もスカイラインを駐車場に潜《くぐ》らせた。

レクサスはエレベーターホールの近くに駐められた。今野が先に車を降り、後部座席のドアを開けた。岸辺も車から出た。

二人はエレベーターには乗らなかった。階段を使って、一階ロビーに上がる。

最上は急いでスカイラインを降り、岸辺たちを追った。

一階ロビーに駆け上がると、岸辺たち二人はロビーのソファに並んで坐っていた。二人の前には、ひと目で筋者《すじもの》とわかる四十歳前後の角刈りの男がいた。

最上は円柱の陰から、三人の様子をうかがった。

何か密談している様子だ。二人とも真剣な顔つきだった。

十分ほどで、三人は腰を上げた。そのまま奥にある日本料理店の中に消えた。最上はロビーの隅に移動し、根津の組事務所に電話をかけた。

代貸の亀岡がワンコールで受話器を取った。

「亀さん、おれです」

「若でしたか」

「組で何かあったのかな？」

「いいえ、別に何もございません。関東仁勇会の塩谷《しおや》会長が夕方、わざわざ健の見舞いをしてくださったんですよ。それで、自分が会長のお宅にお礼の電話を差し上げたのですが、ご入浴中でした」

「それで、塩谷会長からの電話かもしれないと思ったわけか」

「そうなんです」

「健ちゃんはどうです？」

最上は訊いた。

「順調に回復に向かっています。このままいけば、来週の末には抜糸できると思います。若、何か自分に？」

「これから外に出られますか？」

「ええ、大丈夫です」

「だったら、車で九段下まで来てくれませんか。渡世人と思われる男の正体を探《さぐ》ってほしいんです」

「若、どっかの組員にあやでもつけられたんですね。自分が相手を少し締めてやります」

亀岡が興奮気味に言った。最上は経緯《いきさつ》を手短に話し、ホテル名を教えた。

「これから、すぐに向かいます」

「亀さん、きょうも着流しなのかな？」

「そうですが、洋服のほうがいいということなら、着替えます」

「悪いが、そうしてくれますか。和服だと、どうしても目立ちますんでね」

「わかりました。それで、若はどこにいらっしゃるんです？」

「ロビーで待っています」

「承知しました」

亀岡が電話を切った。

最上は近くのソファに腰かけた。

4

午後十時を回って間もなくだった。

日本料理店の近くで張り込んでいた亀岡が、急ぎ足でロビーに入ってきた。どうやら岸辺たち三人が店から姿を見せたらしい。

最上はソファから立ち上がって、大きな観葉植物の陰に身を潜《ひそ》めた。

今野には顔を知られている。ロビーのソファに坐りつづけているわけにはいかない。

亀岡がロビーを眺め回している。すぐに最上に気づき、足早に近づいてきた。流行遅れの背広に身を包んでいる。どことなく野暮《やぼ》ったく見えた。やはり、着流し姿のほうが粋《いき》だ。

「亀さん、岸辺たち三人が日本料理の店から出てきたんでしょ？」

「そうです」

「角刈りの男に見覚えは？」

「ありません。関東のやくざ者じゃないような気がします。関西の極道かもしれません」

「そうなんだろうか。おそらく岸辺は、今野って若い奴と一緒にレクサスに乗り込むだろう。おれは岸辺たちを尾行します。亀さんは、角刈りの男の正体を探ってくれませんか」

「わかりました」

「少し離れたほうがいいだろうな」

最上は言った。亀岡が同調し、ホテルの玄関のそばまで移動する。最上は壁伝いに歩き、フロントの見える場所まで進んだ。

フロントの斜め前で、岸辺たち三人が立ち止まった。角刈りの男の目許は、ほんのり赤かった。あまりアルコールには強くないのだろう。

「それじゃ、そういうことでよろしく」

岸辺が大きな声で言い、やくざ者と思われる男の肩を軽く叩いた。相手が何か言い、深く腰を折った。

岸辺と今野は階段の降り口に向かって歩きはじめた。角刈りの四十男は、エントランスロビーを進んだ。

最上は亀岡に目配せし、岸辺たちの後を追った。

岸辺と今野は地下駐車場に降りると、レクサスに乗り込んだ。最上は自分の車に駆け寄った。

なぜだかレクサスは走り出さない。今野は少し酔いを冷ましてから、ステアリングを握るつもりなのか。

最上はエンジンをかけなかった。

長くアイドリング音を響かせていたら、岸辺たちに怪しまれるかもしれない。そう判断したからだ。ホテルの中とはいえ、車内は冷え切っていた。最上は体を小さく動かしながら、寒さを凌《しの》いだ。

レクサスが動きはじめたのは、およそ十分後だった。

最上はエンジンを始動させ、レクサスにつづいて走路に出た。早くもレクサスはスロープに差しかかっていた。

最上はスカイラインをスロープに進めた。

レクサスの尾灯が見えなくなった。最上はアクセルペダルを深く踏み込んだ。スロープを登り切って車道に接近したとき、黒いアルファードがスカイラインの行く手を塞《ふさ》いだ。すでにレクサスは左折し、最上の視界から消えていた。

道路は渋滞していない。それなのに、アルファードは停止したままだ。

最上は警笛を短く鳴らした。それでも、アルファードは発進しない。岸辺が尾行に気がついたのだろうか。

最上はパッシングした。

アルファードは二メートルほど進み、すぐに停まった。岸辺が誰かを呼んで、尾行の邪魔をさせたのだろう。

最上はホーンを長く鳴り響かせた。

すると、アルファードが急発進した。最上は車道に出た。前方にレクサスは見えなかった。

アルファードを追い詰めて、運転者を少し痛めつける気になった。

最上は追跡を開始した。

アルファードは内堀《うちぼり》通りから永代《えいたい》通りに入り、隅田川《すみだがわ》を越えた。そのまま直進し、荒川《あらかわ》沿いの道を河口に向かって走りつづけた。

敵は、自分を人目のない場所に誘い込む気なのではないか。

最上は、少しも怯《ひる》まなかった。かえって、望むところだ。

アルファードは砂町《すなまち》水再生センターの横を走り抜け、砂町運河の岸壁に停まった。すぐにヘッドライトが消された。運河の対岸は夢の島だ。その向こうに、湾岸道路が見える。

最上はスカイラインを停止させ、ヘッドライトを消した。エンジンは切らなかった。

アルファードから、二人の男が降りた。片方の男は金属バットを手にしていた。どちらも、二十代の半ばだろうか。最上はスカイラインから出て、大股で男たちに近づいた。二人の男が立ち止まる。

最上は男たちの顔を見た。見覚えがあった。

先夜、六本木の裏通りで美人バイオ研究員を拉致しようとした二人組だった。ひとりはオールバックで、もう片方は長身だ。金属バットを握っているのはオールバックの男のほうだ。

「また会ったな」

最上は二人組を等分《とうぶん》に睨《ね》めつけた。髪を後ろに撫でつけている男が先に声を発した。

「こないだの礼をさせてもらうぞ。二本貫手で両目を潰《つぶ》されそうになったからな」

「懲《こ》りない奴だ。おまえらは、岸辺芳喜に雇われてるんだなっ」

「そんな名前の男は知らない」

「とぼけやがって。今野が拉致実行犯グループのリーダーなのか？」

「そいつも知らないよ」

「おまえらがその気なら、手加減しないぞ」

最上は身構えた。

オールバックの男が金属バットを振り被《かぶ》った。上背のある相棒は、懐からグルカ・ナイフを取り出した。ネパールの山岳地方で使われている刃物である。グルカ兵の武器としても知られていた。

「大型カッターナイフじゃ心許《こころもと》ないってわけか」

最上は冷笑した。背の高い男が険《けわ》しい表情で、仲間に合図を送った。

「くたばりやがれ！」

オールバックの男が怒号を放ち、猛然と突進してきた。

隙《すき》だらけだった。最上は相手が眼前に迫ってから、サイドステップを踏んだ。

金属バットが振り下ろされる。コンクリートを叩く音が響いた。オールバックの男が呻いた。両腕に痺《しび》れが走ったのだろう。

最上は肘《ひじ》で相手の側頭部を弾いた。

相手がよろめく。最上は高く跳《と》んで、男に飛び蹴りを見舞った。相手が斜め後ろに引っくり返った。金属バットを握ったままだった。

最上は間合いを詰めた。

「この野郎！」

長身の男がグルカ・ナイフを下から掬《すく》い上げる。刃渡りは二十センチほどで、かなり肉厚だ。刃風《はかぜ》は重かった。

だが、最上の体に切っ先は届かなかった。グルカ・ナイフが引き戻された。

「岸辺は非合法の卵子・精子バンクを設立したんだな？　そして……」

「そんな男は知らないと言っただろうが！」

「よっぽど怪我したいらしいな」

最上は数歩踏みだし、すかさず退《さ》がった。

誘いだった。背の高い男は、まんまとフェイントに引っ掛かった。グルカ・ナイフが水平に振られた。しかし、刀身は宙に流れた。

相手が体のバランスを崩した。最上は踏み込んで、相手の睾丸《こうがん》を思うさま蹴った。

男が刃物を落とし、両手で股間を押さえた。そのまま唸りながら、頽《くずお》れる。最上はグルカ・ナイフを拾い上げ、暗い運河に投げ捨てた。遠くで、水の音がした。

「くそーっ」

オールバックの男が起き上がり、金属バットを上段から振り下ろした。

最上は体の向きを変えた。ダンスのステップを踏むような軽やかな歩捌《ほさば》きだった。

男は、ふたたび金属バットでコンクリートを叩いた。呻きながら、金属バットを落とした。

最上は素早く金属バットを拾い、オールバックの男の胴を払った。男は横倒しに転がった。

「おれの質問に正直に答えないと、おまえらをバットでぶっ叩きつづけるぞ」

最上は凄《すご》んだ。すると、オールバックの男が肘で半身を起こした。

「やめてくれーっ」

「もう一度訊く。おまえらは岸辺に頼まれて、知性派美人を拉致したんだな？」

「おれたちは今野に頼まれたんだ。金も、今野から貰った」

「岸辺がそんなに怕《こわ》いのか？」

「そうじゃないよ。岸辺という男のことは本当に知らないんだ。今野から電話がかかってきて、すぐに九段下のホテルに来てくれって頼まれたんだよ。それで、スカイラインに乗ってる男がレクサスを尾行できないようにしてくれって言われたんだ」

「今野は岸辺に目をかけられてるようだが、特別な何かがあるのか？」

「事実かどうかわからないが、今野の奴、『ワンプライス』の社長は遠い親戚《しんせき》なんだと言ってた」

「今野は、きょうの夕方まで『ワンプライス』の社員寮に隠れてた。今夜から塒《ねぐら》をどこに移すと言ってた？」

最上は問いかけた。

「それについては、あいつ、何も言ってなかったよ。ただ、あんたについては……」

「言い澱《よど》むな」

「今野は、あんたが東京地検刑事部の検事だと知ってたよ。それから、名前も教えてくれたんだ」

「そうか。ところで、きょうの夕方、おまえらは区検の美人検事を拉致しようとしたんじゃないのか？　アメリカの人気男優のゴムマスクを被ってな」

「おれたち、そんなことしてない。ほんとだよ、嘘じゃないって」

「拉致犯グループは、今野やおまえらのほかにもいるのか？」

「はっきりしたことはわからないが、全員で十人前後いるようだな。今野がそんなことを言ったんだ、一度だけ」

「おまえらは何人の女性を拉致したんだっ」

「それは……」

オールバックの男が口ごもった。

最上は金属バットの先端で、相手の胸板を突いた。男が仰向けに倒れた。

そのとき、上背のある男が急に立ち上がった。アルファードの運転席に乗り込み、ヘッドライトを灯《とも》した。仲間を置き去りにして、自分だけ逃げる気らしい。

「ちょっと待ってろ」

最上はオールバックの男のこめかみに鋭い蹴りを入れ、アルファードに走り寄った。

アルファードが動きはじめた。最上は車と並行に走って、金属バットで運転席のパワーウインドーのシールドを打ち砕《くだ》いた。長身の男がびっくりして、車を停める。

最上は運転席側のドアを開け、まずヘッドライトを消した。背の高い男はシートベルトを掛けていなかった。

最上は車のエンジンを切り、男を運転席から引きずり落とした。

「相棒を見捨てるなんて汚いぞ」

「あんたが怕《こわ》くなったんだ。何をされるかわからないと思ったから、とりあえず逃げなきゃと……」

「なんて名だ？」

「柏崎《かしわざき》だよ」

「相棒のオールバックは？」

「あいつは小杉《こすぎ》だよ。下の名前は、えーと、なんだったっけな」

「おまえら、それほど親しいわけじゃなさそうだな」

「まあね。十カ月ぐらい前に、歌舞伎町の終夜営業のドーナッツショップで知り合ったんだ。小杉もおれも、ニートだったんだよ。それで、なんとなく話が合ったんだ」

「今野とは、どこで知り合った？」

「同じドーナッツショップだよ。その店は始発電車を待つ若い連中の溜まり場だったんだ。今野ともよく顔を合わせたんで、自然に話をするようになったわけ。それで、ある日、彼に闇バイトがあるって誘われて、きれいな女たちを小杉と一緒に引っさらうようになったんだ」

「おまえら、何人の女性を拉致した？」

「えーと、六人かな。いや、七人だったな。狙う女は今野に指示されたんだ。彼は獲物に関するデータと顔写真を事前に渡してくれたんだよ。それから、麻酔溶液のアンプルや注射器セットもね」

柏崎と名乗った男が言った。

「女たちを拉致した後は、どうしたんだ？」

「毎回、今野に電話して、獲物を引き取りに来てもらってた。その先のことは、おれも小杉も知らない。おれたちが頼まれたのは、そこまでだったんだよ。ひとりに就《つ》き十五万円の成功報酬を貰ったことは確かだけど、おれたちはそれ以上の悪さはしてない」

「今野とコンビを組んでた本宮一憲のことは知ってるな？」

「名前と顔は知ってたけど、別につき合いはなかったよ」

「本宮が自分のアパートで刺殺されたことは知ってるだろう？」

最上は質問を重ねた。

「その事件のことは、小杉に教えてもらったよ。あいつ、ネットニュースで本宮が殺されたことを知ったと言ってた。おれ、新聞は購読してないし、テレビやネットニュースも観《み》ないんだよ。だから、本宮が殺されたことも知らなかった」

「本宮は、なぜ殺されることになったと思う？」

「わからないよ、そんなこと。今野と何かで揉めたのかもしれないな。いや、そうじゃなさそうだな。本宮と今野は仲が良かったから、殺人に発展するような喧嘩はしないと思うよ」

「おまえ、岸辺のことは知ってるな？」

「その岸辺って、『ワンプライス』の社長のことだろ？」

「そうだ」

「名前だけは知ってるよ。それから、今野が岸辺社長にかわいがられてることもね。でも、岸辺が何を企《たくら》んでるのかは見当もつかないし、別に興味もないな」

「今野から、エリート男性たちを逆ナンパしてるセクシーな女たちのことを聞いたことはあるか？」

「そんな話は聞いたことない。その女たちは何をしてるわけ？」

「知らなきゃいいんだ。立て！」

「おれをどうする気なんだよ？」

柏崎が不安顔で立ち上がった。最上は柏崎を岸壁まで連れて行き、運河に向かって立たせた。

「まさか運河に突き落とすんじゃないよな!?」

柏崎が首だけを捩《ねじ》った。

最上は何も言わずに、金属バットで柏崎の尻を思い切り叩いた。柏崎は悲鳴とともに、運河に落下した。最上は黒々とした水面《みなも》を覗き込んだ。待つほどもなく柏崎が頭から浮上してきた。

「真冬のスイミングはどうだい？」

「ロープか何か投げてくれーっ。水が氷みたいに冷たいんだ」

「だったら、せいぜい手脚を動かすんだな」

最上は言った。

「頼むから救《たす》けてくれーっ。おれ、あまり泳げないんだよ」

「立ち泳ぎをしながら、近くに何か摑まる物があるかどうか探すんだな」

「そんな物、どこにも見当たらない」

「小杉は泳げるな？」

「あいつは河童《かっぱ》だよ。水泳で国体に出場したことがあるって言ってたから」

「なら、小杉に何とかしてもらえ」

「くそったれ！」

柏崎が悪態《あくたい》をついた。声が震え、歯の鳴る音も聞こえた。

最上は金属バットを提《さ》げ、小杉に近づいた。

小杉が身を起こして、自ら運河に身を躍《おど》らせた。最上は金属バットを運河に投げ落とすと、スカイラインに乗り込んだ。車をUターンさせ、岸辺の自宅のある神宮前《じんぐうまえ》三丁目に急ぐ。

目的の家屋を探し当てたのは、五十数分後だった。

岸辺邸は高級住宅街の外れにあった。鉄筋コンクリート造りの三階建てで、庭木に囲まれている。

最上はスカイラインを岸辺邸の三、四十メートル先の暗がりに停めた。五分ほど時間を遣《や》り過ごしてから、車を降りる。

最上は岸辺の自宅まで歩き、鉄の門扉《もんぴ》越しにガレージを覗いた。ブリリアント・グレイのメルセデス・ベンツの横に、灰色のレクサスが駐めてあった。

岸辺は帰宅しているようだ。今野も邸《やしき》の中にいるのか。

少し張り込んでみることにした。最上は岸辺邸から離れ、来た道を引き返しはじめた。

十数メートル進んだとき、風圧に似たものが右耳を掠《かす》めた。銃弾の衝撃波だった。一瞬、聴覚を失った。最上は反射的に身を伏せた。

銃声は響かなかった。

消音器を装着した拳銃で狙い撃ちされたのだろう。スカイラインの向こうで、黒い影が揺れた。刺客が迫ったのか。最上は道端まで転がって、路面に耳を近づけた。靴音は次第に小さくなっていく。

最上は起き上がり、刺客を追った。二つ目の四つ角で、あいにく敵の姿を見失ってしまった。

しばらく暗がりに身を潜めてみる。

だが、不審な人影は接近してこなかった。最上はスカイラインの運転席に入った。そのすぐ後、亀岡から電話がかかってきた。

「若、角刈りの男は名古屋のやくざでした。中和会高見沢組《ちゅうわかいたかみざわぐみ》の若頭《わかがしら》を務《つと》めてる丹羽孝二《にわこうじ》という野郎です」

「亀さん、その丹羽って奴はどこにいるの？」

「赤坂西急《せいきゅう》ホテルのバーで飲んでます。奴がトイレに入ったとき、首に手刀《しゅとう》打ちをくれてやったんです。野郎が倒れ込んだとき、素早く名刺入れを抜き取ったんですよ」

「それで、正体がわかったのか。やりますね、亀さん」

「なあに、たいした荒事《あらごと》じゃありませんや。若いときゃ、何度もドスで渡り合ったものです。おっと、話が横道に逸《そ》れてしまったな。若、丹羽を押さえておきましょうか？」

「連れは？」

「いないようです。今夜は、このホテルに泊まるんでしょう。どうします？」

「そのまま泳がせといてくれませんか」

「いいんですかい？」

「こっちに、ちょっとした考えがあるんですよ。亀さん、もう引き揚げてくれませんか。ご苦労さまでした！」

最上は先に電話を切って、岸辺邸の門扉に視線を注いだ。

第四章　闇の生殖ビジネス

1

ついに夜が明けてしまった。

結局、岸辺邸から、今野は現われなかった。もう張り込みを切り上げたほうがよさそうだ。

最上はスカイラインを発進させた。

眠かった。上瞼《うわまぶた》が垂れてくる。飯田橋の自宅マンションで仮眠をとりたかったが、赤坂西急ホテルに向かった。

青山通りは、まだ空《す》いていた。二十分足らずでホテルに着いた。

最上はスカイラインを地下駐車場に入れ、フロントに直行した。

フロントには、二人のホテルマンが立っていた。広々としたロビーに人影はない。

最上はフロントで検事であることを明かし、宿泊客の中に丹羽孝二がいるかどうか、確かめた。

てっきり偽名を使っているかと思っていたが、中和会高見沢組の若頭は意外にも本名で泊まっていた。部屋は一〇〇八号室だった。

「丹羽さまのお部屋に、ご案内したほうがよろしいのでしょうか？」

三十歳前後のフロントマンが問いかけてきた。

「その必要はありません。丹羽は、こちらには何度か泊まったことがあるんですか？」

「七、八カ月前から、月に三度ほどご宿泊いただいております」

「それじゃ、ここは常宿なんでしょうね」

「はい、ごひいきにしていただいております」

「丹羽は、いつも何泊ぐらいしてるんです？」

「たいてい一泊されるだけで、名古屋に戻られます。商用で上京されているようですよ」

「毎回、連れはいませんでした？」

「はい、おひとりでお見えになります」

「そうですか。滞在中に丹羽を訪ねてくる客は？」

「そういう方はいらっしゃいませんでしたね」

「そう。きょうの午前中にチェックアウトすることになっているんですか？」

「はい。いつもは午前十時前後にチェックアウトされています」

「ありがとうございました。ご協力に感謝します」

最上はフロントから離れ、ホテルの広い地下駐車場に戻った。

スカイラインを正面玄関の見える場所に移し、車内で仮眠をとりはじめた。まだ午前六時半だった。熟睡はできなかった。それでも三時間ほどまどろんだ。おかげで、頭がすっきりとした。

ホテルの車寄せには、いつの間にかタクシーが並んでいた。チェックアウトした宿泊客を拾うつもりなのだろう。

最上は車を降りた。

きょうも猛烈に寒い。寝不足だからか、寒気が身に沁《し》みる。最上は背を丸めながら、ホテルまで歩いた。

小用を足し、ついでに洗顔をする。無精髭《ぶしょうひげ》が少し気になったが、車にシェーバーは積んでいなかった。最上はトイレを出て、ロビーに足を向けた。何気なくフロントに目をやると、四十絡みの角刈りの男が精算中だった。

丹羽だ。ダーク・グレイの背広姿で、ベージュのオーバーコートを片腕に引っ掛けている。

足許には、茶色の革製旅行鞄が置いてあった。

最上は急ぎ足で駐車場に戻り、スカイラインに乗り込んだ。

少し経つと、丹羽がホテルの玄関から出てきた。すぐに高見沢組の若頭は、客待ちの中のタクシーに乗った。

最上は充分な車間距離を取ってから、丹羽の乗ったタクシーを尾行しはじめた。

タクシーは数十分走り、上大崎《かみおおさき》の邸宅街に入った。最上は少し減速した。タクシーは古びた洋館の前に停まった。丹羽はタクシーを待たせたまま、洋館の中に消えた。何かを受け取るだけなのかもしれない。

ほんの数分で、丹羽は洋館から出てきた。青い小型のクーラーボックスを提《さ》げている。中身は凍結させた卵子や精子なのではないか。

丹羽がタクシーに乗り込む。

最上は尾行を再開した。洋館の前を通り抜けるとき、表札に目を走らせた。丸山《まるやま》と記《しる》してあった。タクシーは邸宅街を抜け、桜田《さくらだ》通りに出た。高輪《たかなわ》方向に走っている。

最上はスカイラインを走らせながら、菅沼のスマートフォンを鳴らした。電話はツーコールで繋がった。

「調べてもらいたい人物がいるんだ。丸山という姓で、自宅は上大崎一丁目にある。多分、職業は産婦人科医だろう」

「急ぎますか？」

「できたら、すぐに調べてもらいたいんだ」

「了解です。折り返し、ご連絡します」

「急だが、ひとつ頼むよ」

最上は電話を切り、運転に専念した。

タクシーは三田から日比谷通りに抜けた。丹羽は東京駅に向かっているようだ。間違いないだろう。丹羽が名古屋に帰るなら、新幹線に乗るつもりだ。

内幸町《うちさいわいちょう》まで進んだとき、菅沼からコールバックがあった。

「最上検事、該当する人物は丸山徳雄《のりお》だと思います。現在、五十一歳の医師です」

「やっぱり、そうだったか」

「ただ、丸山は産婦人科医ではありません。専門は泌尿器《ひにょうき》科なんです」

「泌尿器科なら、守備範囲は腎臓、膀胱《ぼうこう》、尿道といった部位だな。麻酔をかけたインテリ女性たちの成熟卵胞を抜き取ることはできるんだろうか」

「できるのではありませんか。守備範囲は産婦人科とは違いますが、子宮や卵巣は周辺器官というか、要するに〝お隣さん〟ですんで」

「そうだな。当然、産婦人科関係の医学知識もあるだろうから、卵胞を無断で奪うことはできそうだね」

「ええ、そう思います。丸山徳雄は何か事情があって、危ないサイドワークをする必要があったんではありませんか？」

「多分、そうなんだろうな。菅沼君、丸山徳雄のことを少し探《さぐ》ってみてくれないか」

最上は検察事務官に言って、通話を終わらせた。

タクシーは馬場先門《ばばさきもん》から丸の内三丁目を抜けて、東京駅八重洲《やえす》口側に回り込んだ。やはり、丹羽は東海道新幹線に乗り込むらしい。

タクシーが中央口に横づけされた。

近くに駐車できるゾーンはなかったが、最上はハザードランプを点滅させた。車を路肩《ろかた》いっぱいに寄せ、丹羽がタクシーを降りるのを待つ。場合によっては、玲奈にスカイラインを移動させてもらえばいい。

丹羽がタクシーを降り、東京駅構内に入った。

最上はイグニッションキーを抜かずに車を降りた。小走りに丹羽を追う。

丹羽は東海道新幹線の改札の近くにいた。

最上は大急ぎで名古屋までの乗車券と特急券を買った。改札口に戻ると、丹羽の姿は掻き消えていた。ホームに上がったのだろう。

最上は改札を通り抜け、〈のぞみ〉の発車ホームに回った。

丹羽は売店でスポーツ新聞と週刊誌を買っていた。最上は丹羽に背を向け、恋人のスマートフォンを鳴らした。

「こんな時間に電話をしてくるなんて、珍しいわね」

玲奈が驚いた口調で言った。最上は経過をかいつまんで話した。

「駐禁ゾーンに駐車してあるスカイラインを取りに行けばいいのね？」

「仕事で忙しくなかったらな」

「急いで車を取りに行くわ」

「悪いな」

「水臭《くさ》いことを言わないで。それで、僚さんは名古屋まで行くのね？」

「そう。丹羽が受け取った小型クーラーボックスの中には、凍結された卵子や精子が入ってると睨んだんだ」

「多分、そうなんでしょうね」

「クーラーボックスの届け先を確かめれば、大きな手がかりを得られるだろう」

「僚さん、気をつけてね。車の件はわたしに任せて」

玲奈が言って、先に電話を切った。

最上はスマートフォンを懐に戻し、さりげなく振り向いた。丹羽は九号車の停止位置のあたりに立っていた。発車時刻まで十五、六分あった。最上は売店で全国紙の朝刊と煙草を買い、丹羽の斜め後ろのベンチに腰かけた。

新聞の記事を半分ほど読んだとき、丹羽が新幹線列車に乗り込んだ。

最上は少し間を置いてから、同じ車輌《しゃりょう》に入った。

丹羽は前寄りの座席に着いていた。全席指定になっていたが、空席は幾つもあった。最上は、中ほどの空《あ》いている座席に腰を下ろした。

東海道新幹線は定刻通りに発車した。

最上は目を閉じた。車中で丹羽の動きを探る必要はないと判断し、少し眠ることにしたのだ。

列車は定刻に名古屋駅に着いた。丹羽がホームに降りた。前の乗降口を利用した。

最上は後ろの乗降口から出た。

丹羽は名古屋駅構内を出ると、タクシーに乗った。最上もタクシーに乗り込み、丹羽の車を追ってもらった。

丹羽は、中村区《なかむら》の外れにある産婦人科医院の前でタクシーを降りた。看板には『梅沢《うめざわ》マタニティ・クリニック』と大書され、その下に梅沢克信《かつのぶ》という院長名も出ていた。

丹羽が産院の中に入っていった。利用したタクシーは走り去った。

最上はタクシーを降り、『梅沢マタニティ・クリニック』の前を行きつ戻りつしつづけた。

二十分ほど経《た》つと、産院の前に白いベンツが横づけされた。運転席には若い男が坐っている。いかにも柄が悪そうだ。

丹羽の舎弟が迎えに来たのだろう。

最上は物陰に隠れた。それから間もなく、丹羽が産院から現われた。小型のクーラーボックスは手にしていなかった。

ベンツの運転席から若い男が降り、丹羽に走り寄った。丹羽がトラベルバッグを若い男に手渡した。若い男はトラベルバッグを胸に抱え込み、素早くベンツの後部ドアを開けた。

丹羽が後部座席に乗り込み、シートに深く凭《もた》れ掛かった。子分らしき若い男があたふたと運転席に乗り込んで、穏《おだ》やかにベンツを走らせはじめた。丹羽個人が非合法生殖ビジネスで小遣いを稼いでいるのか。それとも、高見沢組の商売《シノギ》なのだろうか。

若頭が組に内緒で内職をするとは思えない。後者と考えてもよさそうだ。

梅沢という産婦人科医は、いったいどんな人物なのか。

最上は近所で聞き込みをしてみる気になった。表通りに出て、小さな洋食屋に入る。

壁には、ボーイスカウトのポスターが貼《は》ってあった。四十七、八歳の男が制服姿の少年たちに取り囲まれていた。

最上はテーブル席につき、Aランチセットを注文した。

カウンターの端で、近所の主婦と思われる中年女性がビーフシチューを啜《すす》っていた。ほかに客はいない。四十代半ばの夫婦だけで店を切り盛りしているようだ。最上は小学三年生のころ、ボーイスカウト活動に興味を持ったことがあった。

「子供のころ、ボーイスカウトに入ってたんですか？」

店主が何かを炒《いた》めながら、カウンターの向こうから問いかけてきた。

「いいえ。制服にちょっと憧《あこが》れてたんですが、母子家庭だったんで、金銭的な負担をかけたくなかったので……」

「そうですか。うちは倅《せがれ》が子供のときにボーイスカウト活動をやってたんですよ。そんなことで、ポスターを押しつけられちゃったわけです。選挙運動に利用されるのは厭《いや》なんですけど、つき合いで仕方なく貼ってあるんですよ」

「ポスターの男性が何かの選挙に立候補するんですね？」

「ええ、そうなんです。その方は近所の産婦人科医院の院長なんですが、次期の県議選に出馬するんですよ」

「産婦人科の先生というと、『梅沢マタニティ・クリニック』の梅沢克信氏のことなのかな?」

「そうです、そうです。お客さん、梅沢先生のお知り合いでしたか」

「いいえ、そうではありません。たまたま産院の前を通りかかったとき、看板に院長の氏名が書いてあったんで、それを憶《おぼ》えてただけですよ」

最上は言い繕《つくろ》った。

「そういうことなら、梅沢先生の悪口を言ってもかまわないだろうな」

「あんた、やめなさいよ」

「いいじゃないか」

店主が妻の忠告を無視して、言葉を重ねた。

「院長の梅沢は子供のころから目立ちたがり屋で、厭味《いやみ》な男なんです。医者の家に生まれたことをいつも鼻にかけてて、勉強のできない子や貧乏人を見下してたんです。そんな奴に県議会議員になってほしくないな。だけど、あいつのほうが二級も上だから、なんとなく逆《さか》らいにくくてね」

「要するに、大将は梅沢という先輩が好きじゃないんだ?」

「大嫌いです。梅沢は大物ぶって、政界入りしたがってるんですよ。藪《やぶ》医者だから、産院はたいして流行《はや》ってないようです。梅沢の奴は、後援会の連中に札束を渡して票集めをさせてるって噂だけど、そうした金はどこで調達してるんだろう？」

「高見沢組の組員が産院に出入りしてるから、中和会あたりから選挙資金が流れてるんじゃないの？」

客の中年女性が店主に言った。

「案外、そうだったりしてね」

「暴力団関係者とつき合ったり、看護師を愛人にしてるんだから、とても人格者とは言えないわ。ボーイスカウトの支部長になる資格もないわね」

「梅沢の悪口を言ったんで、すっきりしました」

店主がにっこり笑って、ソテーしたポークを皿に盛りつけた。

梅沢という男は、非合法ビジネスで選挙資金を捻《ひね》り出しているのではないだろうか。

最上は、そう推測した。それから間もなく、Aランチセットが運ばれてきた。ポークソテーのほかに、ミニハンバーグ、海老クリームコロッケ、フライドポテトが付いていた。ライスとコンソメスープ付きで千三百円だった。

最上はナイフとフォークを手に取った。

味は悪くなかった。ただ、ライスの量が少な過ぎる。

最上は洋食屋を出ると、交番に立ち寄った。正体を伝え、高見沢組の組事務所のある場所を訊いた。

若い制服警官は名古屋市内の地図を拡《ひろ》げ、中村区のある場所を指で押さえた。

「ここに、高見沢ビルがあります。組長の高見沢健太《けんた》の持ちビルです。六階建てで、高見沢エンタープライズという社名が掲《かか》げてあると思います。不動産、土木、産廃、飲食店といろいろ事業をやってるんですよ」

「組員数は？」

「四十数人だと思います」

「若頭の丹羽の家《ヤサ》は？」

「ここではわかりませんけど、中村署の暴対課に問い合わせれば、すぐにわかると思います。どういたしましょう？」

「いや、結構です」

「検事さん、高見沢組が何か東京の事件に関与しているのでしょうか？」

「そのあたりのことは、まだはっきりしないんだ。協力、ありがとう」

最上は交番を出て、レンタカーの営業所を探しはじめた。

それは、六メートルほど離れた所にあった。運転免許証を呈示《ていじ》して、灰色プリウスを借りる。レンタカーを駆って、高見沢組の組事務所に行ってみた。

高見沢ビルの前に見覚えのあるベンツが駐《と》めてあった。丹羽はビルの中にいるのか。

最上は夕方まで、高見沢ビルの近くで張り込んでみた。

しかし、若頭はいっこうに姿を見せない。

最上はプリウスを『梅沢マタニティ・クリニック』に向けた。梅沢の動きを探ってみることにしたのだ。

十五、六分で、目的の産院に着いた。

最上はレンタカーを『梅沢マタニティ・クリニック』の斜め前に停めた。そのまま、張り込みに入る。

マークした産院のガレージから濃紺のクラウンが出てきたのは、午後七時半ごろだった。

梅沢自身がハンドルを握っている。最上はクラウンを尾《つ》けはじめた。

クラウンは市街地を三十分ほど走り、三階建ての低層マンションの横に停まった。梅沢は車を降りると、馴《な》れた足取りで低層マンションの階段を上がりはじめた。

最上はクラウンの後ろに借りたプリウスを駐め、大急ぎで外に出た。低層マンションの各室の玄関ドアは道路側に面している。

梅沢は三階の右角の部屋のインターフォンを鳴らした。三〇一号室だ。すぐに若い女性の声で応答があった。

「先生ね？」

「そうだ。早く内錠を外してくれよ」

梅沢が急《せ》かした。

最上は道路ぎりぎりまで後退し、背伸びをした。三〇一号室のドアが開かれ、二十六、七歳の女が現われた。梅沢が女を抱き寄せながら、片手でドアを閉めた。

女は梅沢の愛人だろう。最上は低層マンションの集合郵便受けに走り寄った。三〇一号室のネームプレートには、織作《おりさく》という苗字《みようじ》だけしか出ていない。

最上はポストの中に手を突っ込んだ。

ダイレクトメールが二通入っていた。どちらも、宛名《あてな》は織作真純《ますみ》となっている。

いったん東京に戻って、丸山徳雄に揺さぶりをかけてみるか。最上は低層マンションから出て、レンタカーに駆け戻った。

2

机上で電話が鳴った。

内線電話だ。最上は受話器を摑み上げた。名古屋に出かけた翌日の午前十一時過ぎだ。職場である。

「丸山徳雄に関する調べがつきました」

菅沼がのっけに報告した。

「仕事が速いな。検察事務官にしておくのは惜《お》しいね」

「頑張って、いずれ検事になりたいですね。刑事部フロアでは報告しにくいので、検事調室で話をします」

「それじゃ、これからすぐに移動するよ」

最上は受話器をフックに戻し、椅子から立ち上がった。

そのとき、部長の馬場が手招きした。最上は馬場の席に足を向けた。机の前にたたずむと、馬場が小声で言った。

「先日、荏原署から報告を受けた。殺人容疑を持たれるような行動は慎んでくれたまえ。きみは、殺された本宮一憲という男のことを何か調べてたのか？」

「いいえ、別に」

「行きずりの女に麻酔で眠らされたのは、なぜなのかな」

「さあ、なぜなんでしょうね。さっぱり見当がつきません。何者かが、こっちを嵌《は》めようとしたことは間違いないでしょう」

「一応、きみは現職検事なんだ。警察に疑われるようなことはしないでくれ」

「不可抗力ですよ、先日のことはね」

最上は反論し、刑事部フロアを出た。よく使っている検事調室に入ると、すでに菅沼が待っていた。

「ご苦労さん」

最上は窓際の検事席に着いた。菅沼が検事席の前に立った。

「きみも自分の席に坐れよ」

「いいえ、ここで結構です。早速ですが、お伝えします。丸山徳雄は城南《じょうなん》医大の泌尿器科の医長でした」

「勤務医だったのか。てっきり開業医だと思ってたがな」

「丸山の亡くなった父親は遣《や》り手の石油商だったんですが、当の本人は金儲けには興味がないようです。それで、出身医大で研修医からスタートして、現在のポストに就いたんです。同期のドクターよりも出世は少し遅いようですが、それでも教授は教授です」

「家族構成は？」

「妻と息子が二人います。長男は城南医大の学生ですが、次男のほうは一般の総合大学に通っています」

「丸山は株か何かで大損して、借金をしたのかな？」

最上は問いかけ、煙草に火を点けた。

「丸山は財テクには関心がないようです。株やＦＸには、まったく手を出していません。ただ、妹の夫が商工ローンで事業資金を借りたとき、丸山は連帯保証人になったんですよ」

「義弟はどんな事業を？」

「ＩＴ関連のベンチャービジネスをやってたんですが、事業に失敗したんですよ。で、丸山は義弟の借金の肩代わりをさせられてるんです」

「それは、いつからなんだい？」

「二年ほど前からです。毎月元利併《がんりあわ》せて百三十万円も払ってます。丸山の年収は二千万円ちょっとですから、生活は楽じゃないと思います」

「そうだろうな」

「現に丸山は親から相続した土地を担保にして、メガバンクから三千万円を借りています。その金で生活費の不足分を補って、息子たちの学費を払ってるんでしょう」

「それでも足りないんで、危《ヤバ》いアルバイトをする気になったんだろうか」

「ええ、そうなんでしょう。これが丸山です」

菅沼が上着のポケットから、一葉《いちよう》のカラー写真を抓《つま》み出した。

最上は写真を受け取った。丸山は学者タイプだった。

「ぼく、これから外出しなければならないんですよ。もうよろしいでしょうか？」

「ああ。助かったよ」

「それじゃ、失礼します」

菅沼が慌《あわ》ただしく検事調室から出ていった。

最上は丸山の写真を上着のポケットに入れ、スマートフォンを取り出した。玲奈に電話をかける。

「僚さん、まだ名古屋にいるの？」

「いや、職場にいるんだ。昨夜のうちに東京に戻ったんだよ」

「そうだったの。それで、手がかりは？」

玲奈が問いかけてきた。最上は詳しい話をした。

「『ワンプライス』の岸辺と産婦人科医の梅沢が共謀して、非合法生殖ビジネスをしてるんじゃない？」

「おれも、そう考えてる。それで、午後から城南医大に行って、成熟卵胞を抜き取ったと思われる丸山徳雄に揺さぶりをかけてみるつもりなんだ」

「そう。車が必要なのね？　あなたのスカイラインは、ちゃんと取りに行ったわよ。それで今朝、通勤に使わせてもらったの。夕方にでもスカイラインを届けるつもりだったんだけど、困っちゃったわね。わたし、いまは外に出られないのよ」

「それじゃ、おれがタクシーで築地に行こう」

「そうしてもらえると、ありがたいわ」

玲奈が電話を切った。

最上は検事調室を出て、エレベーターに乗り込んだ。一階に降りると、ホールに公判部の永瀬雅樹が立っていた。

「よう！」

「先輩、二、三分いいですか？」

「ああ」

最上はエレベーターホールの端で、永瀬と向かい合った。

「区検のマドンナが拉致されそうになったことは、ご存じですよね？」

「噂は聞いてる」

「IQの高い美女たちが卵子を奪われて、ぼくや幼馴染みの物理学者は逆ナンパした女に精液を持ち去られた。民族主義者が強奪した卵子と精子を使って、優秀というか、オールマイティな日本人を人工的に作り出そうとしてるにちがいありませんよ」

「そうなんだろうか」

「先輩、チャンスですね」

「チャンス?」

「ええ、そうです。一連の事件の陰謀を暴《あば》いたら、きっと事件係にいけますよ。いや、ひょっとしたら、九段の特捜部に配属されるかもしれないな」

永瀬が言った。

「おれは別に出世したいとは思っちゃいない」

「敗北者みたいなことを言わないでくださいよ。先輩が出世したら、わたしも何かとメリットが多くなるんですから」

「偉くなりたいんだったら、自分の力だけでのし上がれ」

最上は言い放ち、中央合同庁舎第6号館の表玄関に足を向けた。

A棟の前で、タクシーの空車を待つ。数分待つと、空車が通りかかった。

最上はタクシーで築地にある東京国税局に向かった。到着すると、玲奈に電話をかけた。

「駐車場で待ってて。急いで行くわ」

玲奈がそう言い、通話を切り上げた。何やら忙しそうだった。

最上は駐車場に回った。自分の車は隅の方に駐められている。スカイラインの横にたたずむ。

二分ほど経ったころ、玲奈が駆けてきた。揺れる乳房が悩ましい。キャメルのタートルネック・セーターが似合っていた。下は深緑のスカートだった。

「忙しいときに済まなかったな」

「ううん、気にしないで。今夜、僚さんの部屋に泊めてもらおうかな」

「合鍵は？」

「いつも持ち歩いてるわ」

「そうか。それじゃ、また後で！」

最上は車の鍵《キー》を受け取り、スカイラインの運転席に入った。

玲奈が少し車から離れる。最上は片手を挙げ、スカイラインを発進させた。城南医大病院は港区内にある。最上は芝大門《しばだいもん》のレストランに立ち寄り、昼食を摂《と》った。

丸山の勤務先を訪ねたのは午後一時過ぎだった。

最上は総合受付で、丸山教授との面会を求めた。丸山は五階の医長室にいるらしい。最上はエレベータで五階に上がり、医長室のドアをノックした。応答を待たずに、ドアを開ける。

丸山は窓辺の執務机に向かって、何か書きものをしていた。背広姿だった。白い上っぱりは、コート掛けに掛けてあった。

「東京地検刑事部の者です」

最上はそう前置きして、本名を告げた。丸山が身を強張《こわば》らせ、アーム付きの回転椅子から立ち上がった。

「どういったご用件でしょう？」

「坐らせてもらいます」

最上は、部屋のほぼ中央に置かれたソファセットに歩み寄った。

「どうも気づきませんで。どうぞお掛けになってください」

丸山がソファを手で示した。最上は先に腰かけた。丸山がコーヒーテーブルの向こうのソファに坐る。

「今野泰大をご存じですね？」

「そういう名前の方は存じ上げません」

「丸山さん、正直にならないと、あなたは何もかも失うことになりますよ。こちらは、もう調べ上げてるんだっ」

最上は語気を荒らげた。

「わ、わたしが今野という男と知り合いだと……」

「そうです。あなたは今野に頼まれて、一年ほど前から相次いで首都圏で拉致された三十一人の女性から成熟卵胞を無断で抜き取った。彼女たちが麻酔で昏睡中にね。そうなんでしょ？」

「何を根拠に、そのようなことをおっしゃるんですっ。失礼じゃありませんか！」

丸山が眉根を寄せた。

「根拠はあります」

「えっ」

「今野が何もかも白状したんですよ」

最上は、はったりをかませた。みるみる丸山が蒼《あお》ざめる。目からも落ち着きが消えた。

「もう観念するんですね」

「わたしの専門は泌尿器科です。産婦人科じゃないっ。成熟卵胞を抜き取ることなど、とてもできませんよ」

「あくまでもシラを切るつもりなら、あなたは起訴されることになるだろうな。その段階で職を失うことになるでしょう。そうなったら、あなたは義弟の借金の肩代わりはできなくなる。二人の息子さんも大学を中退せざるを得なくなるかもしれません。さらに親から相続された上大崎の邸宅も、いずれは競売にかけられることになりそうだな」

「………」

「そうなりたくなかったら、司法取引に応じてほしいな」

「司法取引？　それは、どういう意味なのかね？」

「あなたが捜査に全面的に協力してくれたら、やったことには目をつぶりましょう」

最上は餌《えさ》を撒《ま》いた。

「その話は本当なのか？」

「もちろんです。あちこちに根回しをして、あなたを決して検挙させません」

「少し考えさせてくれないか」

丸山が下を向いた。

最上はさりげなく上着の左ポケットに手を突っ込み、ＩＣレコーダーの録音スイッチを押し込んだ。

「わたし、お金が欲しかったんです。だから、岸辺の誘いを断れなかったんだ」

「岸辺というのは、『ワンプライス』の社長のことですね？」

「そう、岸辺芳喜のことだよ。彼が医療経営コンサルタントをやっていたころ、わたし、ある総合病院の雇われ院長をやらないかと誘われたことがあるんです。引き抜きの条件は悪くなかったんだが、医者仲間から岸辺の素顔は病院乗っ取り屋だと教えられてたんで、誘いには乗らなかったんだよ」

「しかし、今回は義弟の借金の肩代わりをしなければならないんで、岸辺に協力する気になったんですね？」

「ええ、そうです。わたしがばかだったんだ。医師として絶対にしてはいけないことをお金欲しさに……」

丸山が涙で声を詰まらせた。

「あなたは、今野たち拉致実行犯たちが引っさらった女性のすべてから成熟卵胞を掻き出したのかな？」

「そう、三十一人からね」

「使用した医療器具や麻酔アンプルは、この大学病院から盗み出した？」

「その通りだ。それで抜き取った卵胞を大学病院でこっそり凍結処理して、クーラーボックスに入れて自宅で保管してました」

「それを中和会高見沢組の丹羽孝二が定期的にあなたの自宅に取りに来てたんですね？」

「そこまで調べ上げてたんですか⁉　悪いことはできないな」

「報酬は岸辺から貰ってたんでしょ？」

最上は質問した。

「ええ、そうです。ひとりに就き五十万円を銀行の口座に振り込んでもらいました。総額で千五百五十万円ほど貰った」

「精子のほうは、いくらになったんです？」

「岸辺は精子も集めてたのか⁉」

丸山が目を丸くした。芝居をうっているようには見えなかった。

「セクシーな美女の色仕掛けに嵌まった独身検事と物理学者が使用済みのスキンを持ち去られました。そのことから、精子を集めてるにちがいないと推測したわけですよ」

「それが事実なら、その通りなんだろう。しかし、わたしは精子を凍結したことは一度もない。岸辺は産婦人科医を金で抱き込んで、それをやらせてるんじゃないだろうか」

「しつこいようだが、あなたは精子の凍結処理はしなかったんですね？」

「ええ、絶対にやっていないよ」

「拉致実行犯は何人いるんです？」

「岸辺は、九人いると言ってた。三班に分かれて、獲物を探させてるとも言ってましたな」

「実行班グループのひとりの本宮一憲が何者かに刺殺されたが、それについては？」

「わたしは何も知りません」

「名古屋在住の梅沢克信という産婦人科医については、どこまで知ってます？」

最上は訊いた。

「そういう名は初めて聞きました。高見沢組の丹羽は、凍結した卵胞を梅沢とかいう人物に届けてたんだね？」

「ええ、そうです。きのう、こっちは丹羽を尾行して、名古屋まで行ったんですよ。それで、そのことを自分の目で確かめました」

「そうなのか。岸辺は奪った卵子の使い途《みち》については、わたしには何も言わなかった。わたしも、なんとなく訊けなかったんだ」

「どうせ何かに悪用されると思ったからなんでしょ？」

「そうなんだ。それに、後ろめたくて、とても質問できませんでした。岸辺は高見沢組や梅沢という産婦人科医と組んで、いったい何を企《たくら》んでるんだろうか」

「それを丸山さんから聞けると思ってたんですがね」

「わたしは、お金欲しさに卵胞を抜き取っただけですよ。もちろん、罪の重さは自覚してます。しかし、いまは自首できない。そんなことをしたら、わたしの家庭は崩壊してしまう。妹夫婦だって、離婚することになるでしょう。ですから、検事さん、どうかお見逃しください」

「いいでしょう。ただ、一つだけ条件があります」

「どんな条件なんです？」

「二人の息子さんが社会人になったら、三十一人の女性から成熟卵胞を無断で奪ったことを何らかの形で公表して、罪の償《つぐな》いをしてほしいな」

「どんな形をとればいいのか……」

「警察に出頭するか、被害女性全員に詫びて、自ら医師を辞める。そのどちらか一方を選んでください」

「わかりました。あなたの温情は一生、忘れない。ありがとう」

丸山は言って、床に正坐した。そのまま額を床面に擦《こす》りつけ、じっと動かない。

「そこまでする必要はありませんよ。丸山さん、顔を上げてください」

「しかし、なにか謝意を示したいんだ」

「そんなことより、被害者の三十一人に真心を込めて謝るんですね」

最上はＩＣレコーダーを停止させ、ソファから立ち上がった。

丸山は同じ姿勢を崩さなかった。

最上は医長室を出ると、エレベーターに乗り込んだ。丸山の自白音声を使って、どう岸辺を追い込むか。

城南医大病院を出たとき、上着の内ポケットでスマートフォンが身震いした。スマートフオンを耳に当てると、玲奈がいきなり問いかけてきた。

「僚さん、確か今野泰大って男は拉致実行犯グループのリーダー格だったわよね？」

「ああ。今野がどうかしたのか？」

「いま職場の近くの洋食屋でテレビニュースを観《み》ながら、遅めの昼食を摂ってるの。少し前に、今野という男の水死体が江戸川放水路の河口付近で発見されたと報じられたのよ」

「えっ」

「今野の後頭部は大きく陥没してると言ってたから、誰かに鈍器で強打されて江戸川放水路に投げ込まれたんじゃない？」

「今野を操ってた岸辺が殺し屋《プロ》にやらせたのかもしれないな。そのあたりのことを調べてみるよ」

最上は電話を切って、駐車場に足を向けた。

『ワンプライス』の本社ビルにまともに乗り込んだら、返り討ちにされるかもしれない。代貸の亀岡に岸辺を拉致させて、とことん痛めつけたほうが賢明だろう。

最上はそう考えながら、スカイラインのドア・ロックを解除した。

3

軒灯は消えていた。

店のシャッターも下ろされている。深見組直営の居酒屋『道草《みちくさ》』である。店は根津の外れにあった。

午後十一時過ぎだった。

最上はシャッターの潜《くぐ》り戸から、店内に入った。テーブルや椅子は片側に寄せられ、フロアの中ほどに岸辺が転がっている。目には粘着テープが貼ってあった。両手は腰の後ろで縛られている。縛《いまし》めは針金だった。

『ワンプライス』の社長の近くには、代貸の亀岡と組員の倉橋《くらはし》が立っている。四十六歳の倉橋は幹部のひとりだった。

亀岡と倉橋は岸辺の自宅近くで待ち伏せして、百円ショップの経営者を拉致してきたのである。

「こ、これは営利誘拐なんだな。いくら欲しいんだ？」

岸辺が震え声で言った。最上は無言で岸辺の腰を蹴った。岸辺が呻く。

最上は上着のポケットからICレコーダーを取り出し、再生ボタンを押した。

自分と丸山の遣《や》り取りが流れはじめた。

「な、なんの音声なんだ!?」

「黙って聴きな」

亀岡が人質を怒鳴りつけた。岸辺は黙り込む。

やがて、音声が熄《や》んだ。

最上はICレコーダーをポケットに戻してから、岸辺に話しかけた。

「城南医大の丸山教授がここまで白状してるんだ。もう諦《あきら》めるんだな」

「丸山先生は存じ上げているが、喋ってることは事実じゃないよ。わたしが今野たちを使って、知性派美人を三十一人も拉致させ、丸山先生に成熟卵胞を抜き取らせてただって？」

「そうだ。丸山教授が凍結処理した卵胞は高見沢組の丹羽の手によって、名古屋市中村区にある『梅沢マタニティ・クリニック』に届けられた。院長の梅沢克信とは、病院乗っ取り屋時代に知り合ったのか？」

「わたしは梅沢などという男は知らない。それから、少し言葉に気をつけたまえ。かつて医療経営コンサルティングの仕事をしてたことはあるが、病院乗っ取り屋なんかじゃなかったんだっ」

「そのことは、ま、いいさ。それよりも、丸山教授が嘘をついてると言うんだな？」

「そうだよ」

「あんたが正直者かどうか、体に訊いてみよう」

「わたしに何をする気なんだ⁉」

岸辺が身を強張《こわば》らせた。

最上は倉橋に目配せした。倉橋が魚河岸や青果市場などで使われている手鉤《てかぎ》をぶら下げ、岸辺に近寄った。

「体重はどのくらいあるんでぇ？」

「六十二キロだ」

「それじゃ、片手じゃ持ち上げられないかもしれねえな」

「おい、何を考えてるんだっ」

「てめえを魚みたいに扱ってやる」

「魚みたいにだって？」

岸辺は不安そうだった。目隠しをされていると、いたずらに恐怖心が募《つの》る。

倉橋が中腰になって、岸辺の上着の後ろ襟に手鉤を引っ掛けた。柄を両手で持ち、岸辺の上体を引っ張り上げ、ぐるぐると引きずり回しはじめた。

「やめろ、やめてくれ！」

岸辺が訴えた。

「いまのは、ちょっとした遊びだよ」

「な、何を持ってるんだ？」

「手鉤さ」

倉橋は岸辺の体を床に荒っぽく落とすと、無造作に手鉤を振り下ろした。鉤の先端は、岸辺の右肩に浅く埋まった。岸辺が凄まじい声をあげ、長く唸った。

「このまま引っ張り上げたら、おめえの肩の筋肉は引き千切《ちぎ》れちまう」

倉橋が岸辺に言った。岸辺は唸るだけで、何も喋らなかった。

「後は、おれがやろう」

最上は倉橋に声をかけた。

倉橋が岸辺の肩から、手鉤を引き抜く。先端は血に染まっていた。

最上は手鉤を受け取り、岸辺のかたわらに屈《かが》み込んだ。

「まだ粘る気か？」

「粘るも何も、丸山が喋ってることは全部でたらめだよ」

岸辺が言った。

最上は手錠を岸辺の尻に埋めた。岸辺が獣じみた声を放って、体を丸めた。最上はすぐに手錠を引き抜き、次に右の二の腕に沈めた。

岸辺が、また唸り声を発した。

「全身、穴だらけになってもいいのかっ」

「もう勘弁してくれーっ。主犯は、わたしじゃない。丸山だよ」

「苦しい言い逃《のが》れだな」

「そうじゃない、ほんとの話なんだ。わたしは丸山に頼まれて、遠縁の今野に拉致実行犯を集めさせただけだよ。丸山は捜査の手が伸びてくるのを恐れて、殺し屋に本宮と今野を始末させたようだな」

「あんたの言葉をすんなり信じるわけにはいかない」

「嘘をついてるのは丸山のほうだよ。丸山は誰かと組んで、子供を産めない女性たちに強奪した卵子を売りつける気でいるんだろう。わたしの言葉が信用できないと言うんだったら、丸山の家に連れてってくれ。あの男が、でたらめを言ったことをあんたの目の前で認めさせてやる！」

「ずいぶん自信があるじゃないか」

「当然だよ。わたしは丸山に泣きつかれて、ちょっと協力しただけなんだから」

「いいだろう。そこまで言うんなら、丸山教授と対決してもらおうか」

最上は手錠を岸辺の右腕から引き抜き、亀岡に手渡した。倉橋が岸辺を掴み起こす。

店の前には、組のワゴン車とスカイラインを駐めてあった。

倉橋が岸辺をワゴン車の後部座席に寝かせ、毛布を掛けた。亀岡がワゴン車の助手席に坐る。運転席には倉橋が入った。

最上はスカイラインを先に発進させ、ワゴン車を上大崎の丸山邸まで導いた。倉橋がワゴン車から岸辺を引きずり出し、目許を覆《おお》った粘着テープを乱暴に引き剝がした。

「亀さんたちは外で待っててくれないか」

最上は岸辺のベルトを掴み、インターフォンを鳴らした。

洋館には煌々《こうこう》と電灯が点《つ》いていたが、応答はなかった。最上はレリーフのあしらわれた洒落《しやれ》た門扉《もんぴ》を押した。施錠はされていなかった。

最上は岸辺を引っ立てながら、邸内に足を踏み入れた。石畳のアプローチを進み、ポーチに立った。

最上はインターフォンのボタンを押した。

やはり、なんの応答もない。最上はドアのノブに手を掛けた。抵抗なくノブは回った。

最上は玄関のドアを開けた。

次の瞬間、息を呑んだ。玄関ホールに丸山が仰向けに倒れていた。

顔面を銃弾で撃ち砕かれている。微動だにしない。すでに息絶えていることは明らかだ。

玄関ホールの奥には、四十代半ばの女性が横向きに倒れていた。頭部に被弾して、大量の血を流している。やはり、身じろぎ一つしない。

「奥で死んでるのは丸山の奥さんだよ。まだ撃たれて間《ま》がないようだな」

岸辺が呟《つぶや》くように言った。

最上は耳を澄ませた。洋館はひっそりと静まり返っている。二人の息子は、まだ帰宅していないようだ。

「丸山は共犯者と何かで揉めて、葬られてしまったんだろう」

岸辺が言った。

「あんたが殺し屋《プロ》に始末させたんじゃないのかっ」

「何を言ってるんだ。わたしは丸山の手伝いをしただけで、主犯グループがどこの誰かも知らない。梅沢克信なんて産婦人科医とは一面識もないよ」

「とうとうボロを出したな。いま、あんたは梅沢克信とフルネームで言った」

「それは、さっきおたくがフルネームで言ったからさ。自慢じゃないが、わたしは記憶力がいいんだ」

「いや、そっちは嘘をついてる。他人《ひと》の氏名を一度耳にしただけで、なかなかフルネームを言えるもんじゃない。あんたは梅沢をよく知ってる。そうだなっ」

最上はハンカチでノブを拭《ぬぐ》ってから、玄関ドアを静かに閉めた。

「いい加減にしてくれ。わたしは、今野に拉致の実行犯たちを集めさせただけだ。同じことを何度も言わせないでほしいな」

「別の場所で、そっちをとことん締め上げてやる」

「大声で救《たす》けを求めるぞ」

「死んでもいいなら、大声を張り上げろ」

岸辺が言った。

「うむ」

「車に戻るんだっ」

最上は岸辺の体を反転させ、ポーチの短い階段を降りた。

アプローチの中ほどまで歩いたとき、岸辺が突風に煽《あお》られたように横に吹っ飛んだ。夜気《やき》に血の臭いが混じった。

銃声は聞こえなかったが、岸辺は頭部を撃ち抜かれたようだ。

倒れたきり、まったく動かない。とっさに身を伏せた最上は広い内庭を透《す》かして見た。

そのとき、庭木の背後で点のような赤い光が瞬《またた》いた。銃口炎《マズル・フラッシュ》だ。銃声は響かなかった。

最上は横に転がった。

放たれた銃弾は、後方の巨木の幹《みき》にめり込んだ。樹皮が弾け飛ぶ。

最上は敏捷に起き上がり、左手の植え込みに走り入った。二弾目は足許に埋まった。土塊《つちくれ》が舞い上がる。

「若、何かあったんです？」

門扉《もんぴ》越しに亀岡が訊いた。

「二人とも邸内に入らないで！　丸山夫妻と岸辺が射殺されました。庭に刺客がいるようなんだ」

「えっ」

「だから、こっちに来ないでください」

最上は言って、庭木伝いに中腰で走りはじめた。そのすぐ後、亀岡と倉橋が邸内に躍《おど》り込んできた。

刺客が身を翻《ひるがえ》した。多勢に無勢では不利だと判断したのだろう。

「二人とも、そこにいてくれないか」

最上は亀岡と倉橋に言って、狙撃者を追った。

消音器付きの自動拳銃を手にした男は、洋館の裏手に回りかけていた。最上は助走をつけて高く跳《と》び、刺客の背を蹴った。

男が前のめりに倒れた。最上は男を押さえ込み、武器を手早く奪い取った。シグ・ザウエルP228だった。アメリカ製の高性能拳銃で、世界各国の軍や警察で採用されている。原産国はスイスだ。

「誰に雇われた？」

最上はサイレンサーの先端を刺客の首の後ろに密着させた。

男は三十七、八歳ぐらいで、左脚が不自由だった。膝から下は義足なのだろう。動きが少しぎこちない。

「おれは殺し屋《プロ》だぜ。依頼人の名は口が裂けても言えない」

「それじゃ、言えるようにしてやろう」

「う、撃つ気なのか？」

「そうだ」

「人をシュートするには、それなりの覚悟がいるもんだ。おたくに撃てるかな？」

男が挑発的な言葉を吐いた。

最上は消音器の先端を相手の右肩に移し、引き金を一気に絞った。空気の洩れるような発射音が響き、男が歯を剝《む》いた。

最上は男から少し離れ、サイレンサーの先を刺客の側頭部に押し当てた。

「残弾は？」

「あと二発だよ」

「それじゃ、残りの二発を好きな場所に撃ち込んでやろう」

「いい度胸してるな。おれの負けだ。クライアントは、中和会高見沢組の組長だよ」

「高見沢健太だな？」

「そうだ」

「そっちの名は？」

「影山《かげやま》だ」

「殺し屋《プロ》には、ぴったりの名前じゃないか」

「ちっ」

影山が舌打ちした。

そのとき、亀岡と倉橋が駆け寄ってきた。代貸は匕首《あいくち》、倉橋は手鉤を握っている。

「何者なんです？」

亀岡が最上に問いかけてきた。

「殺し屋《プロ》です。高見沢組の組長に雇われたね。影山という名らしい」

「この野郎が丸山夫婦と岸辺を殺《や》ったんですね？」

「そいつは、これから確認するとこです」

最上は亀岡に言い、影山の頭を消音器で強く押した。

「ああ、三人ともおれが始末した。本宮と今野も、おれが片づけた。あんたも岸辺の自宅前で葬るつもりだったんだが、しくじってしまったんだ」

「こっちを本宮殺しの犯人に仕立てようと悪知恵を働かせたのは、高見沢組長なのか？」

「それは岸辺のアイディアらしいよ」

「岸辺は、高見沢とつるんでたんだな。そして、金で抱き込んだ丸山徳雄に三十一人のインテリ女性の卵子を抜き取らせてたんだろう？」

「ああ、そうだ」

「精子を集めてるセクシーな美女たちは、岸辺が動かしてたのか？」

「そのあたりのことは知らない。おれは金で雇われてる掃除屋だからな。岸辺が高見沢と組んで何をやってたのか、よく知らないんだ。そもそも興味もないしな」

「片方の脚、どうしたんだ？」

「傭兵《ようへい》時代にアフリカで小型対人地雷を踏んでしまったんだ」

「フランス陸軍の外国人部隊にいたのか？」

「いや、そうじゃない。アフリカを放浪してて、政情不安定な小国で助っ人兵士を募集してたのさ。おれは二十代の前半に三年ほど陸上自衛隊にいたんで、すぐに志願したんだ。しかし、四年前に地雷で片脚を失ってしまった。それでやむなく帰国して、殺し屋稼業を……」

「運の悪い男だ」

「おれをどうするつもりなんだよ？」

影山が訊いた。

「高見沢の自宅に案内してもらおう」

「これから名古屋に乗り込む気なのか」

「そうだ。そっちを弾除《たまよ》けにして、高見沢を締め上げる」

「おれを弾除けにしても、無駄だよ。高見沢は、自分の子分も平気で見殺しにする男だ。おれを楯《たて》にしても、短機関銃《サブマシンガン》をフルオートでぶっ放すだろう」

「そのときは、そのときさ。起きるんだ」

最上は影山を立ち上がらせた。

すかさず倉橋が影山の持ち物を検《しら》べた。殺し屋はアーミーナイフと予備の弾倉をレザージャケットのポケットに忍ばせていた。

亀岡と倉橋が影山の両腕を摑んだ。そのとき、影山は最上に顔を向けてきた。

「義足の具合がおかしいんだ。ちょっと装着し直したいんだが、かまわないだろ？　ほんの数分で済むよ」

「いいだろう」

最上は許可した。亀岡と倉橋が影山から離れた。

影山が枯れた芝の上に尻を落とし、黒いチノクロスパンツの裾を片方だけ捲《まく》り上げた。義足に何かがマジックテープで固定されている。デリンジャーだった。

影山がマジックテープを引き剝がし、銀色の小型特殊銃を握った。すぐに彼は肩から転がり、倉橋に発砲した。

倉橋が跳《と》びすさった。被弾はしなかった。

「てめえ！」

亀岡が匕首《あいくち》を逆手《さかて》に握り直した。

影山がまた自ら転がり、デリンジャーの銃口を亀岡に向けた。

最上はシグP228の引き金を絞った。放った銃弾は、影山の頭部に命中した。血と脳漿《のうしょう》が飛び散った。影山は声もあげずに絶命した。

「若、その拳銃を自分に渡してください」

亀岡が右手を差し出した。

「こっちの身代わりになるつもりなんですね」

「そうです。若は、しっかりと組の連中をまとめてくださいね」

「代貸、おれが出頭します」

倉橋が亀岡に言った。亀岡は黙って首を横に大きく振った。

「二人とも何をしてるんだっ。早くワゴン車に乗って逃《フケ》げてくださいよ」

「しかし、若、さっき銃声を響かせましたぜ」

「銃声は、それほど大きくなかった。それに、両隣も庭が広い。だから、いまのうちに逃げてほしいんだ。おれも、後から逃げますんで」

最上は亀岡たち二人を急《せ》かした。

二人は少し迷ってから、ほぼ同時に走りはじめた。

最上はハンカチでシグP228を拭うと、影山に銃把《じゅうは》をいったん握らせた。そして、すぐに拳銃を死体のそばに落とした。最上はデリンジャーを拾い上げ、あたりを見回した。誰かに見られている様子はなかった。

最上は大股で内庭を横切って、表に走り出た。ワゴン車がアイドリング音を響かせていた。

先に逃げろ！

最上は、運転席の倉橋に目顔で促《うなが》した。

倉橋が大きくうなずき、ワゴン車を走らせはじめた。亀岡は目礼し、スカイラインを指さした。

最上は目で応《こた》え、自分の車に駆け寄った。

4

なんとなく寝覚めが悪かった。

最上はマグカップを食卓に置いた。ブラックコーヒーは、いつもの数倍も苦かった。自宅マンションである。

前夜、部屋に泊まった玲奈は数分前に職場に向かった。最上は明け方、玲奈と体を重ねた。しかし、行為に熱中できなかった。組員を救うためとはいえ、影山を射殺してしまった事実は重い。

あのとき、なぜもっと冷静になれなかったのか。急所を外して殺し屋を撃っていれば、陰謀の全容が明らかになったかもしれない。

最上は悔《く》やみながら、リモート・コントローラーを使ってテレビの電源を入れた。

チャンネルを幾度か替えると、ある民放局がニュースを流していた。最上は画面を見つめた。国際関係のニュースが終わると、画面に見覚えのある洋館が映し出された。上大崎の丸山邸だ。

男性アナウンサーは無表情で、丸山夫妻が何者かに射殺されたことを報じた。また、庭で犯人と思われる男性の死体が見つかったことも伝えられた。

「現場の状況から、庭で死んでいた男性が何らかの理由で丸山夫妻を殺害した後、ピストル自殺した模様です。そのほかの詳しいことは、まだわかっていません」

アナウンサーの顔が消え、火災現場が映し出された。

最上はテレビの電源を切り、セブンスターに火を点けた。なぜか岸辺が撃たれたことは報じられなかった。死体はどこかに移されたのか。そうなのだろう。

昨夜、影山が発砲したデリンジャーの銃弾は発見されなかったのだろうか。そんなはずはない。当然、現場でデリンジャーの弾頭は見つかったはずだ。

捜査当局は最初、影山がデリンジャーで自殺しようとしたと考えたのか。そして、丸山夫妻を射殺した犯人がシグP228で自分の顔面を撃ったと推測したのだろうか。

そうした方法で自死した場合、顔面に火薬の残滓《ざんし》がこびりつく。

また、拳銃を握りしめたままの状態で絶命しているのではないか。細工が完璧《かんぺき》だったとは言えない。警察は早晩、影山が誰かに撃ち殺されたことに気づくだろう。捜査の手が、いずれ自分に伸びてくるのではないか。

最上は落ち着きを失った。

自分が殺人罪で起訴されるのは仕方がない。しかし、そうなった場合は組員たち各自に五千万円の更生資金を渡せなくなってしまう。恩人の深見隆太郎が望んでいたことは、なんとしてでも叶《かな》えてやりたい。二代目組長と母は互いに惹《ひ》かれ合っていたが、再婚には踏み切れなかった。深見は堅気ではない。そのことが最上の将来に影響するのを懸念したようだ。二代目組長と亡き母には借りがあった。

なんとかうまく切り抜けよう。最上は自分に言って、短くなった煙草の火を揉み消した。ちょうどそのとき、インターフォンが鳴り響いた。まだ午前九時前だ。高見沢組の襲撃なのか。最上は椅子から立ち上がり、忍び足で玄関ホールまで歩いた。ドア・スコープに片目を寄せる。

緊張がほぐれた。来訪者は警視庁の綿引刑事だった。最上は新たな不安に襲われた。

こんな時刻にやってきたのは、昨夜の一件が発覚したからではないのか。

最上は深呼吸してから、玄関のドアを開けた。

「朝早くに申し訳ありません。検事殿にちょっとお話があるんですが、十分ほどお時間をいただけますでしょうか？」

「どうぞ入ってください」

「それでは失礼します」

綿引がコートを脱ぎ、室内に入った。

最上は綿引をリビングソファに坐らせ、コーヒーを淹《い》れた。向かい合う席に腰かけると、綿引が懐から一通の封書を取り出した。

「綿引《ワタ》さん、その手紙は？」

「本庁《うち》の刑事総務課に寄せられた匿名の投書です。とりあえず、読んでいただけますか？」

「それじゃ、読ませてもらいます」

最上は封書を受け取り、折り畳まれた便箋《びんせん》を開いた。

文面には、インターネットを使った新生児密売組織があるという内容が書かれていた。アンティーク・ドールや手造り人形を隠れ蓑《みの》にして、人身売買が行われているらしい。売られる新生児は容姿端麗《たんれい》で、知能指数の高い日本人ばかりだと付記されていた。

書かれた文字は、まるで定規を使ったように角張っていた。差出人の名はなかった。

最上は便箋を封筒に戻し、消印を見た。

東京中央郵便局のスタンプが捺《お》してあった。最上は封書を綿引に返した。

「検事殿は、どう思われます？　刑事総務課の連中は、ただのいたずらだろうと言っていましたが」

綿引が投書を上着の内ポケットに収めた。

「なんとも言えないな。いたずらとも思えるし、真面目な告発のような気もしますので」

「わたしは一連の卵子強奪事件とリンクしてる密告ではないかと思いました」

「それは考え過ぎでしょう？」

「予防線を張られたようですね」

「綿引さん、何が言いたいんです？」

最上は努めて平静に言った。

「少しは手の内を見せてくれませんか」

「手の内を見せろって？」

「ええ、そうです」

綿引がにっと笑って、眉間に皺《しわ》を寄せた。相手を疑っているときに見せる癖だった。

「何かこっちが隠してるとでも言いたげだな」

「隠されてるんでしょ？」

「いったい何を隠してるって言うんですっ」

「あなたは、例の連続卵子強奪事件を個人的にお調べになってる。違いますか？」

「その事件《ヤマ》は気になってましたが、別に調べ回ったりしてませんよ」

「そうですか」

「綿引さん、そろそろ職場に顔を出さないと……」

最上は暗に辞去を促《うなが》した。

綿引が急に立ち上がり、最上の右腕を摑んだ。次の瞬間、右手首に手錠が喰《く》い込んだ。

「悪い冗談はやめてほしいな」

「これは冗談ではありません。まだ令状こそ裁判所から貰ってませんが、その気になれば、わたしは検事殿の過去の犯罪を暴《あば》くこともできます」

「こっちが何をやったと言うんです？」

最上は問いかけた。

「それは、ご自分がいちばん知ってらっしゃるんではありませんか」

「いや、なにも身に覚えはないな」

「あなたは大物政治家の悪事の証拠を集めて、巨額の口止め料を脅し取った」

「大物政治家って、誰のことなんです？」

「乗鞍《のりくら》高原で雪崩《なだれ》に巻き込まれた木崎航平《きざきこうへい》のことですよ。雪の斜面にダイナマイトを仕掛けたのは、検事殿なんでしょ？」

「綿引《ワタ》さん、証拠もないのにそこまで言い切るのは問題ですね」

「立件できる材料は揃《そろ》っています」

「えっ」

「それから、検事殿は盗聴法絡《がら》みの陰謀を嗅ぎつけ、警察官僚たちを自死させた。その事件でも、あなたはさまざまな法律に触れた疑いが濃い。まだ時間はたっぷりあります。いまからでも起訴は可能です」

「好きなようにしてください」

「開き直っても、何もメリットはないでしょう？　それより、わたしと共同戦線を張りませんか？」

「共同戦線？」

「ええ。さっき匿名の投書をわざわざ検事殿にお見せしたのは、情報の交換を期待したからですよ」

綿引が言った。

最上は迷いはじめた。このまま空とぼけつづけたら、綿引は本気で自分を法廷に立たせる気になるかもしれない。本宮殺しの濡衣《ぬれぎぬ》を着せられそうになったとき、綿引に救ってもらっている。

借り、借りを返さなければならない。それが人の道だろう。最上は個人的に連続卵子強奪事件を捜査していることを認め、殺された本宮と今野が拉致実行犯グループのメンバーだった事実を突きとめたと語った。

「わたしが知りたいのは、その先のことなんですよ。今野たちを動かしていたのは、『ワンプライス』の岸辺社長です。そのことも調べ上げました。岸辺の口を封じた人物は誰なんです？」

「そこまではまだわからないんですよ」

「まだ何か隠されているように見えますが……」

「そう思うんだったら、おれを地検送りにしてもらっても結構だ」

「その件については、もう少し考えてみましょう」

綿引が目で笑いながら、手錠を外した。そのまま、彼は玄関に足を向けた。

最上は、しばらく椅子から立ち上がれなかった。三十分ほど経ってから、職場に欠勤することを電話で伝えた。

最上は外出の準備をし、十時過ぎに部屋を出た。タクシーで東京駅に向かい、下りの東海道新幹線に乗り込んだ。

名古屋に着いたのは午後一時前だった。

最上は駅の近くにあるレンタカー営業所に直行し、紺色のカローラを借りた。レンタカーを駆って、中村区の高見沢組の組事務所に急ぐ。高見沢ビルの近くの路上にカローラを停め、張り込みに入った。

若頭か組長が外出したら、どこかで取り押さえる気でいた。

しかし、いくら待っても丹羽も高見沢組長も現われない。最上は午後四時に張り込みを切り上げ、『梅沢マタニティ・クリニック』に回った。

産院の玄関には休診の札が掲《かか》げられ、ひっそりとしていた。ガレージも空っぽだった。院長の梅沢だけではなく、家族も出かけているようだ。

最上はカローラを降り、梅沢の産院に近づいた。

上着のポケットには、だいぶ前に東京地検の証拠品保管室から盗み出した手製の万能鍵が入っている。それは常習の泥棒《ノビシ》が使っていた物で、耳搔《か》き棒ほどの長さだった。平たい金属板で、先端部分に三つの溝がある。

最上は堂々と産院の裏に回り込み、台所のドアから侵入した。靴を脱ぎ、布手袋《ぬのてぶくろ》を嵌《は》める。

真っ先に診察室をチェックした。だが、不審な物は何も見つからなかった。

手術室も検《しら》べてみたが、凍結された卵子や精子は隠されていなかった。薬品保管室からも手がかりは見つからなかった。

事務室に三台のパソコンが並んでいた。ＵＳＢメモリーをチェックしてみたが、非合法不妊治療を裏付ける証拠は得られなかった。

最上はきちんと戸締まりをしてから、レンタカーに戻った。

梅沢は、愛人の織作真純のマンションにいるのではないか。最上はカローラを真純の自宅マンションに走らせた。

三階建ての低層マンションに着いたのは午後五時過ぎだった。

三〇一号室の窓は暗かった。最上は三階に駆け上がり、クリーム色の玄関ドアに耳を押し当てた。人の話し声は聞こえない。テレビの音声も伝わってこなかった。

最上は、あたりを見回した。

誰もいなかった。さきほどと同じ方法で、真純の部屋に忍び込んだ。

電灯を点けるわけにはいかない。最上は小型懐中電灯の光で足許を照らしながら、奥に進んだ。

間取りは2ＬＤＫだった。寝室にはダブルベッドやドレッサーがあるだけだ。最上は、もう一つの洋室に足を踏み入れた。

事務机が二つ並び、それぞれにノート型パソコンが載っている。

パソコンのホームページを覗く。

真純はアンティーク・ドールや手造り人形のネット販売を手掛けていた。販売価格は表示されていない。〝要応談〟と出ているだけだった。まったく販売価格を掲げないのは、いかにも不自然だ。代理母たちが産んだ新生児を密売しているのではないか。

最上はUSBメモリーを一つずつチェックした。ブレーンスタッフと銘打たれたリストに、女性の氏名と連絡先が記されている。代理母なのか。

最上は四十数人の登録者名と連絡先を手帳に書き写し、隣のサービスルームに入った。三畳ほどの小部屋には、医療用の冷凍庫と樽型《たるがた》の冷凍容器が置いてあった。

中身は、凍結された卵子や精子だった。受精卵の入ったシャーレもあった。ガラス容器には提供者の年齢、知能指数、特技などが記入されている。

三十一人の被害女性の成熟卵胞から、梅沢が慎重に卵子を取り出したのだろう。ここに、永瀬や自分の精子も冷凍保存されているのかもしれない。

最上は冷凍精子のドナーの名を確かめはじめた。

永瀬の名は、ほどなく見つかった。だが、自分の名前はなかった。保存されている精子は、およそ三十人分だった。

敵はザーメンを保存しなかったようだ。エリートではないからか。

最上は苦笑し、梅沢の愛人宅を出た。

レンタカーの中で、手帳を開く。それほど遠くない場所に、代理母と思われる二十六歳の女性が住んでいた。石塚君江《いしづかきみえ》という名だった。

最上はカローラを走らせ、君江の自宅に急いだ。

二十分弱で、目的のアパートに着いた。軽量鉄骨造りの二階建てだった。

最上は二〇五号室のドアフォンを鳴らした。

ややあって、ドアが開けられた。現われたのはショートボブの若い女だった。

奥の居室《きょしつ》で、三歳ぐらいの男児がテレビのアニメ番組を観《み》ていた。

「石塚君江さんですね？」

最上は確かめた。

「はい、そうです。おたくは？」

「東京地検刑事部の者です」

「卓也《たくや》の父親が何かまた悪いことをしたんでしょうか？」

「いいえ、そうではありません。卓也君というのは、奥の坊やのことですね？」

「そうです。卓也の父親は妻帯者のくせに、ずっと独身だと偽ってたんですよ。わたしは彼と結婚できると思ってたんですけど、結局、未婚の母になってしまいました」

「そうですか」

「あら、わたしったら、余計なことを喋っちゃって」

「実は、織作真純さんとはどういうおつき合いをされてるのか伺いたくて、お邪魔したんですよ」

「中に、中に入ってください」

君江が狼狽気味に言った。最上は玄関の三和土《たたき》に身を滑り込ませ、後ろ手にドアを閉めた。

「織作さん、警察に捕まったんですね？」

「なぜ、そう思われるんです？」

「だって、彼女は闇の代理母出産を梅沢先生と組んで……」

「やっぱり、そうだったか」

「やだ、まだ織作さんや梅沢先生は逮捕されてないのね？　わたしったら！」

君江が悔やむ表情になった。

「その件で内偵中なんですよ」

「検事さん、わたしのことはどうか見逃してください。わたしが逮捕されたら、卓也はひとりぼっちになっちゃう」

「どうか落ち着いてください。別にこちらは、あなたを検挙しに来たわけじゃないんだ」

「それ、ほんとなんですか？」

「ええ。あなたのことは、織作真純の自宅のパソコンに登録されてたブレーンスタッフの名簿を見て知ったんです」

「わたし、自分だけの力でちゃんと卓也を育てたかったんです。詐欺《さぎ》の前科のある男の子供を産んだことで、わたし、親きょうだいから絶縁されたんですよ。キャバクラの保育室に生後五カ月の卓也を預けて、わたし、懸命に働きました。でも、ストレスから十二指腸潰瘍《かいよう》になってしまって、仕事ができなくなっちゃったんです」

「で、代理母を引き受ける気になったんですね？」

最上は言った。

「は、はい。昔、一緒にキャバクラで働いてた女の子に、代理母出産を引き受ければ、三、四百万円の謝礼が貰えるって話を教えてもらったんです」

「その彼女も、代理母出産をしたのかな？」

「いいえ。その娘《こ》の知り合いが織作さんに世話になったらしいの。わたし、生活保護は受けたくなかったから、織作さんの連絡先を教えてもらって訪ねたんですよ。そしたら、その日のうちに梅沢先生が受精卵をわたしの子宮に……」

「報酬はちゃんと貰ったのかな？」

「はい。妊娠三カ月めに入ったとこで百五十万、無事に女の子を出産した先月に残りの二百万円をいただきました」

「そう」

「織作さんの話だと、卵子はインテリ美女のもので、精子提供者はエリート官僚だとか言ってました」

「あなたが産んだ女の子は？」

「産んで間もなく、どこかに連れて行かれました。織作さんは、ずっと不妊で悩んでた夫婦の実子として育ててもらうから、安心していいと言ってました。そう聞かされて、ほっとしました。でも、日本では代理母出産は許されてないんでしょう？」

君江は後ろめたそうだった。

最上は何も言わなかった。というより、何も言えなかった。代理母出産を全面的に肯定する気はなかったが、経済的に追い詰められたシングルマザーを非難もできなかった。

「わたし、お腹を貸しただけで大金を貰えたんで、織作さんと梅沢先生には本当に感謝してるんです」

「二人に感謝することなんかない。あなたは、梅沢たちに利用されたかもしれないんです」

「利用って、どういうことなの？」

「一年ほど前から首都圏で三十一人もの知性派美女が相次いで拉致され、麻酔をかけられて成熟卵胞を抜き取られた事件のことは知ってるよね？」

「ええ、知ってます。あっ、もしかしたら、その女性たちの卵子が代理母出産に使われたんですか？」

「その疑いが濃いんだ。また、梅沢はセクシーな美女たちにエリート男性を逆ナンパさせて、精液を集めさせたようなんです」

「ひどーい！」

「それだけじゃない。梅沢は代理母たちが産んだ新生児たちをインターネットで売り捌《さば》いてるらしいんだ。おそらく、六、七百万円で売ってるんだろう。産婦人科医なら、偽の出産証明書はいくらでも用意できる。新生児密売に関して、何か知らないだろうか？」

「わたしは何も知りません。織作さんを信じてたのに、わたし、人身売買の片棒を担《かつ》がされてたのね」

君江が玄関マットにへなへなと坐り込み、拳《こぶし》で床を叩きはじめた。

奥から卓也という幼児が駆けてきて、母親の肩を両腕で包み込んだ。母が嗚咽《おえつ》にむせはじめると、彼は最上に憎悪を露にした眼差《まなざ》しを向けてきた。

「ママをいじめたわけじゃないんだ」

最上は卓也に言い訳して、急いで部屋を出た。

レンタカーに戻ると、すぐさま織作真純の自宅マンションに舞い戻った。まだ部屋は暗かった。

そのうち部屋の主は、梅沢と一緒に帰ってくるだろう。

最上はカローラのヘッドライトを消した。

第五章　縺《もつ》れた利害関係

1

喉がいがらっぽい。

煙草の喫い過ぎだろう。最上は喫いさしのセブンスターの火を消した。レンタカーのカローラの運転席だ。

張り込んで、すでに一時間が経過している。依然として、低層マンションの三〇一号室は暗い。

織作真純は遠出したのか。そうだとしたら、パトロンの梅沢と一緒なのかもしれない。そして、二人はどこかの温泉旅館にでも泊まる予定なのだろうか。

最上はそう思いつつも、張り込みを切り上げる気にはなれなかった。

なんの脈絡《みゃくらく》もなく警視庁刑事総務課に寄せられた投書のことが頭に浮かんだ。どう考えても、いたずらの手紙とは思えない。

投書の主は、代理母のひとりだったのではないか。

その女性は梅沢が用意した受精卵を自分の子宮で育て上げ、無事に赤ん坊を産み落とした。

しかし、無情にも新生児はすぐに別の場所に連れ去られてしまった。

代理母は大きな腹を抱えているうちに、胎児にある種の愛情を懐《いだ》きはじめたのではないだろうか。あるいは、実子と錯覚してしまったのか。

それで、代理母は自分の手で新生児を育ててみたくなった。そのことを梅沢に訴えたが、まともに取り合ってもらえなかった。

代理母は腹を立て、非合法生殖ビジネスのことを密告する気になったのではないか。

そうでないとしたら、謝礼のことで梅沢と揉《も》めたのかもしれない。代理母は約束の報酬を値切られたのか。それとも彼女が色をつけろと梅沢に迫り、あっさり突っ撥《ぱ》ねられてしまったのだろうか。

どちらにしても、警視庁に匿名の手紙を送りつけたのは代理母のひとりと思われる。

低層マンションの横にドルフィンカラーのBMWが停まったのは午後九時ごろだった。運転席には、女性が坐っていた。

暗くて顔まではよく見えない。真純が帰宅したのだろうか。

最上は目を凝《こ》らした。

ＢＭＷとは対向する形になっていた。女性ドライバーが車を降りた。

最上は一瞬、わが目を疑った。ＢＭＷの運転者は、『不妊治療情報サービス』の氏原綾子社長だった。

女社長は馴《な》れた足取りで三階建てマンションの門を潜《くぐ》り、三階まで駆け上がった。最上は急いでレンタカーから出て、道端から低層マンションを仰いだ。

綾子が真純の部屋の前に立った。インターフォンは鳴らされなかった。

三〇一号室のドアが開けられ、女社長は無断で部屋の中に入った。どうやら綾子は部屋の合鍵を持っているらしい。

最上は頭が混乱しそうだった。

氏原綾子は非合法生殖ビジネス組織のメンバーなのか。梅沢を唆《そそのか》したのは、女社長なのか。そうなら、綾子が首謀者なのかもしれない。

最上はカローラに乗り込み、四、五十メートル先の四つ角で車の向きを変えた。ＢＭＷの二十メートルほど後方にレンタカーを停める。

十分ほど待つと、綾子が低層マンションから出てきた。

小型のクーラーボックスを両腕で抱えている。中身は冷凍保存されていた卵子や精子なのかもしれない。

綾子が小型クーラーボックスをトランクルームに収めてから、ＢＭＷに乗り込んだ。最上は綾子をどこまでも尾行する気になっていた。

ＢＭＷが走りはじめた。

最上は七、八秒経ってから、レンタカーを発進させた。ＢＭＷは名古屋ＩＣ《インターチエンジ》から東名阪自動車道に入り、鈴鹿《すずか》ＩＣで降りた。国道三〇六号線を亀山《かめやま》市方向に数キロ走ると、県道に入った。

最上は細心の注意を払いながら、綾子の車を追尾しつづけた。

ＢＭＷは県道を四、五キロ進むと、今度は林道に入った。それから間もなく、ペンション風の建物の車寄せに停まった。

女社長は小型クーラーボックスを抱え、建物の中に入っていった。最上は人目につきにくい場所にカローラを隠して、急いで車から出た。

寒風が襲ってきた。かなり標高はあるようだ。

最上は爪先《つまさき》に重心をかけながら、ペンション風の建物に接近した。

総二階家で、割に大きい。部屋は十五、六室はありそうだ。

敷地も宏大だ。千坪近くあるのではないか。

三方は、手つかずの自然林だった。近くに民家は一軒も見当たらない。

塀《へい》はなかった。原木を使った柵《さく》があるだけだ。

最上は敷地内に足を踏み入れた。

庭木に身を隠しながら、家屋に近づく。どの窓も明るい。玄関脇に大広間《サロン》があった。

最上は中腰でテラスに這《は》い上がり、大広間に近づいた。窓は白いレースのカーテンと厚手のドレープ・カーテンで塞《ふさ》がれていたが、わずかに隙間《すきま》があった。

そこから、大広間を覗く。

ゆったりとしたリビングソファに女社長が腰かけ、梅沢に何か指示を与えていた。梅沢は立ったままだった。

首謀者と睨んでいた産婦人科医は、どうやらアンダーボスに過ぎないようだ。梅沢の愛人の姿は見当たらない。真純は、ここにはいないのか。

最上はテラスから降り、建物に沿って歩きはじめた。

ほとんどの窓はカーテンで閉ざされている。二階をふり仰ぐと、レースのカーテンだけしか引いていない窓があった。最上は建物から離れてみたが、二階の一室の室内までは見えなかった。

最上は周りの樹木を見た。

すぐそばに、姫沙羅《ひめしゃら》の巨木がそびえている。

最上は姫沙羅に歩み寄り、横に張り出した枝の太さを目で測《はか》った。どの枝も、楽に最上の体重には耐えられそうだ。足場にはなるだろう。

最上は姫沙羅の太い樹幹《じゅかん》を抱きかかえ、ゆっくりとよじ登りはじめた。二階の窓よりも少し高い位置に、うまい具合に太い枝が張り出している。

最上は、その枝に両足を掛けた。体の向きを変えると、レースのカーテン越しに部屋の中が透けて見えた。

ベッドが四つ並び、若い妊婦が二人横たわっていた。窓側の妊婦とにこやかに話しているのは織作真純だった。梅沢の愛人の看護師である。

周囲の人々に妊娠していることを知られたくない代理母たちをここに集めて、出産させているのだろう。

最上は、二人の妊婦を改めて見た。

どちらも二十一、二歳だった。茶髪《ちゃぱつ》で、化粧も濃い。三、四百万円の謝礼に魅《み》せられて、代理母を志願したのか。そうなら、効率のいいアルバイトと言えそうだ。

割り切ってしまえば、楽にまとまった金を稼げると考えたのではないか。代理母の為《な》り手は、いくらでもいるのかもしれない。

　少し経つと、妊婦のいる部屋に高見沢組の若頭が入ってきた。

　丹羽は柄セーターの上に、オレンジ色のフリースを羽織っていた。高見沢組が闇の産院の管理を任されているのだろう。

　丹羽は真純を呼びに来たらしい。すぐに二人は部屋から出ていった。

　万能鍵を使って、建物の中に忍び込むことにする。最上は枝の上を横に移動し、樹幹に片手を掛けた。

　そのとき、二人の妊婦のいる部屋に見覚えのある若い女性が入ってきた。最上を麻酔で眠らせた黒革のロングコートの女だ。

　厚手の白いセーターに、黒いスパッツという身なりだった。女は二人の妊婦と何か言葉を交わしながら、ドレープ・カーテンで窓を閉ざした。

　正体不明の女は逆ナンパで精液を集めるだけではなく、代理母たちの世話もしているようだ。彼女も真純と同じ産婦人科の看護師なのだろうか。

　最上は巨木から滑り降り、ふたたび建物に近づいた。

　侵入口を探しはじめたとき、けたたましく警報が鳴りはじめた。うっかり防犯センサーに引っ掛かってしまったらしい。

ひとまず隠れたほうがよさそうだ。

最上は建物から離れ、庭の樹々の中に身を潜《ひそ》めた。少し経つと、三人の男が建物から飛び出してきた。

三人とも堅気《かたぎ》には見えない。おそらく、高見沢組の組員だろう。男たちは三方に散った。

レスラーのような体型の大男が懐中電灯を忙《せわ》しなく振り動かしながら、最上のいる場所に近づいてくる。丸腰ではないだろう。

最上は幾分、緊張した。

大男に見つかったら、闘うほかない。相手を倒し、弾除《たまよ》けにできるだろうか。

男の影が大きくなった。最上は、いつでも跳躍できる姿勢をとった。

ちょうどそのとき、建物から散弾銃《ショットガン》を手にした丹羽が姿を見せた。大男が立ち止まり、振り返った。

「若頭《カシラ》、そいつをぶっ放すのはまずいがね」

「とろ臭いこと言うとるわ。野鳥を撃ったことにすりゃ、なんの問題もありゃせんがな」

「けど、派手な銃声を響かせたら……」

「おみゃの指図は受けけん！　早《はよ》うどっちかにどかんかいっ」

丹羽が苛立《いらだ》たしそうに喚《わめ》き、散弾銃を構えた。大男が慌《あわ》てて横に走った。

そのすぐ後、重い銃声が轟《とどろ》いた。散弾が扇の形に散る。最上は身を伏せた。九粒弾《ダブルオー・バック》の一つが近くの灌木《かんぼく》の小枝を弾き飛ばした。拳銃弾よりも散弾のほうが被弾率は高い。迂闊《うかつ》には動けなかった。最上は息を殺し、身じろぎもしなかった。

「みんなで手分けして、怪しい奴を早う取っ捕まえんとな。あっちにおるかもしれん」

丹羽は大男を従え、建物の前に回り込んだ。

最上は隣接する自然林まで後退し、しばらく時間を遣《や》り過ごした。やがて、丹羽たち四人は建物の中に引っ込んだ。

敵は警戒心を強めたにちがいない。建物の中に忍び込むのは諦《あきら》める。

最上は自然林を抜け、レンタカーの中に戻った。すぐにエンジンをかけるのは危険だ。かじかんだ両手の甲に息を吹きかけながら、両脚を揺すりつづける。体を動かしていると、だんだん温《ぬく》もりはじめた。

数十分が流れたころ、ＢＭＷが目の前を通過していった。ステアリングを握っていたのは、氏原綾子だった。

後続の車は見当たらない。最上はカローラのエンジンを始動させ、ふたたび女社長の車を尾行しはじめた。ＢＭＷは来た道を逆に走り、名古屋市西区にあるシティホテルの玄関口近くの車寄せで停止した。綾子は、すでにチェックインしているのかもしれない。

最上はレンタカーを車寄せの端に駐《と》めた。綾子がＢＭＷを降り、ホテルのエントランスロビーに入った。

最上はカローラを降り、女社長を追った。

回転扉を押しかけ、彼は危《あや》うく声をあげそうになった。あろうことか、フロントの前で綿引と綾子が立ち話をしていた。

いったい、どういうことなのか。最上は物陰に身を潜め、二人の様子をうかがった。

綿引が一方的に喋っている。綾子はうつむき加減だった。しかし、逃げる気配は見せなかった。綿引に先を越されてしまったのか。としたら、綾子や梅沢から口止め料を脅し取れなくなってしまう。

最上は溜息《ためいき》をついた。

そのとき、綿引が綾子の肩を軽く叩いた。綾子が無言でうなずいた。二人は並んで出入口に向かって歩いてくる。

最上は車寄せの暗がりに駆け込んだ。

綿引と綾子が姿を見せた。相前後して二人はＢＭＷに乗り込んだ。綿引は助手席に坐った。

最上はカローラに駆け戻った。

エンジンをかけたとき、ＢＭＷが走りだした。最上は、迷わず綾子の車を追尾しはじめた。

ＢＭＷは北へ十数キロ走り、やがて新興住宅地に入った。畑が点在し、車もめったに通りかからない。

綾子の車は、林の中の一軒家に横づけされた。綿引が先に車を降りた。綾子がＢＭＷから出て、玄関のドアを開けた。

最上は借りたカローラを一軒家の生垣《いけがき》の際《きわ》に寄せ、煙草に火を点けた。気持ちを落ち着かせるためだった。

一服してから、静かにレンタカーから出る。最上は生垣を乗り越え、一軒家の敷地内に忍び込んだ。

敷地は二百坪前後だろうか。古びた和風住宅は、奥まった場所に建っている。

電灯の光が淡く洩れていた。庭に面した廊下の雨戸は閉まっている。

最上は家屋の裏手に回った。

そのとき、内庭のあたりから車のエンジン音が聞こえた。最上は玄関先に戻った。ＢＭＷがタイヤを軋《きし》ませ、急発進した。

車内には女社長しか乗っていない。綿引はどうしたのか。

最上はすぐにもＢＭＷを追跡したかったが、綿引刑事のことが気がかりだった。玄関のガラス戸は少し開いている。

最上は玄関の三和土《たたき》に足を踏み入れ、耳をそばだてた。物音はしない。奥から焦《こ》げ臭い空気が漂ってきた。

「綿引《ワタ》さん、どこにいるんです？　返事をしてください」

最上は大声で呼びかけた。

だが、なんの応答もなかった。火の爆《は》ぜる音がかすかに聞こえる。

何か異変が起こったにちがいない。

最上はそう直感し、土足で奥まで走った。台所の手前の和室が燃えていた。油臭い。畳一面に灯油が撒かれたようだ。

炎の向こうに、綿引が倒れていた。俯《うつぶ》せだった。

最上は綿引の名を呼んだ。やはり、返事はなかった。綾子に麻酔注射をうたれたのか。最上は足許の炎を踏み消し、綿引に駆け寄った。

綿引は小さな鼾《いびき》をかいていた。体を揺さぶってみたが、目は覚まさなかった。

このまま放っておいたら、綿引は確実に焼け死ぬだろう。

最上は畳に片膝をつき、綿引を抱き起こした。綿引は、小柄だった。それゆえ、肩に担《かつ》ぎ上げるのは造作もなかった。

立ち上がったとき、最上は足が竦《すく》んだ。

いつの間にか、火の勢いが強まっていた。ひどく熱い。前の三方の炎は一メートル前後の高さになっていた。後ろは壁だった。

まごまごしていたら、二人とも焼死してしまうだろう。

最上は綿引を担いだまま、燃え盛る炎の中を潜《くぐ》り抜けた。灼熱感《しゃくねつかん》に包まれたのは、ほんの一瞬だった。最上は綿引を生垣の近くに横たわらせ、すぐさま家の中に取って返した。浴室に走ったが、湯船は空だった。

水道の蛇口を捻《ひね》っても、水は出なかった。火を消す手立てがない。焦りが募る。

最上は玄関寄りの和室に飛び込み、押入れを覗いた。

夜具が二組入っている。最上は持てるだけの寝具を押入れから引っ張り出し、内庭に走り出た。

綿引は昏睡したままだった。

最上は家屋から最も遠い場所にマットレスと敷蒲団《しきぶとん》を延べ、綿引をそこに寝かせた。ダブル毛布と掛蒲団で体全体をくるみ込む。

なんとか凍死は免《まぬか》れるだろう。綿引をレンタカーに乗せてやりたいが、顔を合わせるわけにはいかない。

最上は心の中で綿引に詫び、カローラに乗り込んだ。家屋の窓から炎の塊《かたまり》が噴き出しはじめた。最上はレンタカーを走らせ、名古屋市西区に戻った。綾子が投宿しているシティホテルに駆け込む。しかし、女社長はすでに部屋を引き払っていた。

「身内に不幸があったとかで、慌《あわ》てて東京に帰られました」

初老のフロントマンが気の毒そうに告げた。

最上は短く礼を述べて、ホテルを飛び出した。三重県の山中にある闇産院にレンタカーを走らせる。

一時間数十分後、目的の場所に着いた。ペンション風の建物は真っ暗だった。車寄せには、一台も車が見えない。

最上は万能鍵を使って、玄関のドア・ロックを解《と》いた。人のいる気配は伝わってこない。女社長が梅沢に電話をして、闇産院から全員姿を消させたのだろう。

最上は念のため、全室を検《あらた》めてみた。やはり、誰もいなかった。

一階の奥に診察室があった。メスや鉗子《かんし》などは残されていたが、凍結された卵子や精子はどこにもなかった。

一足遅かった。

最上は歯噛みしながら、外に出た。レンタカーに乗り込み、上着の内ポケットから煙草を取り出した。そのときになって、初めて身分証明書を失《な》くしたことに気づいた。

姫沙羅の巨木によじ登ったときにでも、うっかり落としたのかもしれない。

最上はカローラを降りて、姫沙羅の大木に歩み寄った。小型懐中電灯の光で、巨木の周辺をくまなく探してみる。あいにく身分証明書はどこにも落ちていなかった。

綿引を一軒家から担ぎ出すときに落としたのか。そうなら、もう空とぼけられなくなる。まずいことになった。

最上は小型懐中電灯のスイッチを切り、カローラに向かって歩きだした。

テラスの横まで歩いたとき、前方に黒っぽい果実のようなものが投げ落とされた。手榴《しゆりゆう》弾《だん》だろう。

最上は身を反転させ、思い切り地を蹴った。
七、八メートル走ったとき、背後で炸裂音《さくれつ》がした。赤みを帯びた橙色《だいだいいろ》の閃光《せんこう》も走った。
最上は爆風に煽《あお》られ、前のめりに倒れた。右肘《ひじ》を強く撲《う》ったが、無傷だった。

素早く身を起こし、テラスの下に潜《もぐ》り込む。逃げる大男の後ろ姿が一瞬だけ見えた。

最上はテラスの下から這い出し、林道に走り出た。

しかし、もう動く人影は目に留まらない。最上はカローラに乗り込んだ。発進して、すぐにタイヤの空気が抜けていることを知った。

最上はカローラを降り、タイヤを点検した。やはり、後輪のタイヤが二本とも鋭利な刃物で切り裂かれていた。

「くそっ」

最上は車体を蹴った。

2

登記簿を閲覧《えつらん》し終えた。

予想した通りだった。闇産院として使われていたペンション風の建物の所有者は、高見沢健太になっていた。名古屋市郊外にある古めかしい和風住宅も、おそらく高見沢組長の所有物件だろう。

最上は鈴鹿市内にある法務局出張所を出た。

まだ午前十時前だった。昨夜は、法務局出張所の並びにあるビジネスホテルに泊まったのだ。

最上はタイヤを交換してもらったレンタカーに乗り込み、東名阪自動車道の鈴鹿ＩＣ《インターチエンジ》をめざした。

名古屋市内に入ったのは十時四十分ごろだった。

最上は梅沢を痛めつけて、陰謀のすべてを吐かせる気になっていた。『梅沢マタニティ・クリニック』に近づくと、産院の前には新聞社やテレビ局の車がずらりと並んでいた。

何かあったようだ。

最上はカローラを路肩《ろかた》に寄せ、すぐに車を降りた。人垣に歩み寄り、帰り仕度をしているテレビ局員に声をかけた。

「梅沢ドクターがどうかしたんですか？」

「愛人の看護師と一緒に梅沢氏は車ごと名古屋港の埠頭《ふとう》からダイビングしたんですよ。覚悟の心中だったんでしょう」

「その看護師は織作真純ですね？」

「ええ、そうです。失礼ですが、プレス関係の方ですか？」

三十二、三歳のテレビマンが問いかけてきた。

「いいえ、東京地検刑事部の者です。二人が死んだのは、いつなんです？」

「午前三時前後です。ダイビングした車をたまたま目撃した倉庫会社の社員が消防署のレスキュー隊を呼んだんですが、二人は発見されたとき、もう水死していたようです」

「遺書は？」

「梅沢氏がパソコンで、不倫関係を清算できなかったという内容の遺書を奥さん宛に……」

「その遺書に梅沢の直筆サインは？」

「それはなかったようです。遺書は車のフロントガラスの内側に貼ってあったようですが、ほとんど剝がれかけていたらしく」

「そう。ついでに教えてください。昨夜、名古屋市郊外で火災がありませんでしたか？」

「ありましたよ」

「燃えた建造物の所有者は？」

「地元の暴力団の組長です」

「その組長というのは、中和会高見沢組の高見沢健太のことですね？」

「ええ、そうです」

「被災者は？」

「ひとりもいません。焼け落ちた家屋には誰も住んでいなかったんですよ」

「そうなんですか」

最上は綿引が無事だったことを知り、ひとまず安堵した。

「検事さん、どんな事件《ヤマ》をお調べになっているのでしょう？　梅沢氏の心中に高見沢組が関わってるんですか？　そうなら、心中に見せかけた他殺という線も考えられますよね」

「さあ、それはどうなんだろうか」

「実は梅沢氏と織作真純さんは殺された。そうなんでしょ？」

相手が最上の顔を見据えた。

「わからないな」

「検事さん、隠さないで教えてくれませんか」

「捜査の秘密は洩らせないんだ。悪く思わないでほしいな。それじゃ！」

最上はテレビ局員に背を向け、レンタカーに駆け戻った。

氏原綾子が高見沢組に梅沢と真純を始末させたのではないか。きっとそうにちがいない。

最上は確信を深めながら、カローラを発進させた。

高見沢ビルに急ぐ。最上は、若頭の丹羽か高見沢組長のどちらかを生け捕りにする気でいた。

しかし、目的の組事務所の前には八人の若い組員が見張りに立っていた。

最上はレンタカーをバックさせ、高見沢ビルから百メートル遠ざかった。高見沢組の直営企業のホームページで代表電話番号を調べて、すぐにスマートフォンのアイコンをタップする。

「高見沢エンタープライズでございます」

若い男が愛想よく告げた。

「高見沢の兄弟はいるかい？」

「失礼ですが、どちらさまでしょうか？」

「いるのかいねえのか、はっきりしろい！」

最上は気の短い筋者を演じた。

「おりますが、おたくさんのお名前をうかがいませんと、取り次ぐわけにはいきません」

「赤坂の辰《たつ》と言ってくれりゃ、わからあ」

「少々、お待ちください」

相手の声が途切れた。待つほどもなく男の野太《のぶと》い声が響いてきた。

「高見沢だが、赤坂の辰なんて男は知らんで。おみゃあさん、誰なんだ？」

「梅沢と真純を心中に見せかけて葬《ほうむ》ったな。あんたにそうしろと命じたのは、氏原綾子なんだろう？」

「なんの話かさっぱりわからんわ」

「下手な芝居はやめろ。狼狽《ろうばい》の様子がありありと伝わってきたぜ」

最上は言った。高見沢が一拍置いてから、無言で電話を切った。

自分の勘は正しかったようだ。次は氏原綾子に揺さぶりをかけてみるか。

最上はカローラを名古屋駅方面に走らせはじめた。

数十分で、レンタカーの営業所に着いた。カローラを返すと、その足で名古屋駅に向かった。

帰京したのは午後二時過ぎだった。

最上はタクシーで飯田橋の自宅マンションに戻り、手早く着替えを済ませた。急いで部屋を出て、自分のスカイラインに乗り込む。

南青山の雑居ビルに着いたのは四時十分ごろだった。

最上は車の中から、『不妊治療情報サービス』に電話をかけた。ややあって、当の女社長が受話器を取った。

「番頭格だった梅沢まで愛人と一緒に始末させるとは、相当な女狐《めぎつね》だな」

「どなたなんです？」

「おれが誰か察しはついてるだろうが！　高見沢健太をとことん痛めつけたら、何もかも白状したぜ」

最上は、はったり《ブラフ》を口にした。

「高見沢健太？」

「往生際が悪いな。中和会高見沢組の組長は、梅沢やあんたとの関係を洗いざらい話したんだよ。もうシラは切れない」

「なんの話か、さっぱりわかりませんわ」

「あんたは産婦人科医の梅沢と謀《はか》って、非合法生殖ビジネスでひと儲けする気になった。コーディネーターをやってても、それほど旨味《うまみ》はないからな。梅沢は梅沢で少子化時代を迎え、先行きに不安を覚えてた。そんなわけで、二人の利害は一致した。あんたたちは今野たち九人の拉致実行犯を使って、首都圏で三十一人のインテリ美女を引っさらわせ、麻酔で眠らせた。実行犯グループのリーダーは獲物を押さえると、城南医大の丸山教授に連絡を取った。丸山は美女たちから成熟卵胞を抜き取り、自宅に保管してた。高見沢組の丹羽が定期的に丸山の自宅に凍結卵子を取りに行って、それを名古屋の梅沢に届けてた」

「…………」

「一方、セクシーな女たちがエリート男性たちを逆ナンパして、新鮮な精液を集めた。梅沢は、そうした卵子と精子を使って代理母たちの子宮に受精卵を着床させてた。代理母たちが産んだ新生児たちはインターネットで密売されてる。アンティーク・ドールや手造り人形の売買を隠れ蓑《みの》にしてな」

「妙な言いがかりをつけないで！」

綾子がようやく喋った。声は明らかに震えていた。

「言いがかりだと？　ふざけるな。あんたは、今野を抱き込んだ『ワンプライス』の岸辺芳喜社長や丸山教授夫妻を殺し屋《プロ》の影山に殺《や》らせた。本宮や今野を始末したのも同じ殺し屋だ。さんざん他人を利用しといて、都合が悪くなると、冷酷に葬ってしまう。梅沢や真純を高見沢に始末しろと頼んだのも、そっちにちがいない。それとも、あんたの後ろで糸を引いてる黒幕がいるのか。え？」

「あなた、どうかしてるわ」

「いまの言葉をそっくり返すよ、そっちにな」

最上は言い返した。その直後、電話が切られた。

あれだけ揺さぶれば、女社長は何らかのリアクションを起こすだろう。氏原綾子はかなりの悪女だが、自分ひとりでここまで大それたことをやれないのではないか。背後に首謀者がいるにちがいない。

最上は、女社長が動きだすのを待つことにした。

雑居ビルの駐車場からドルフィンカラーのＢＭＷが走り出てきたのは、五時半ごろだった。ステアリングを握った綾子は、濃いサングラスで目許を覆っている。

最上はＢＭＷを尾行しはじめた。

罠の気配も少しうかがえた。最上はスカイラインを走らせながら、ルームミラーとドアミラーにちょくちょく目をやった。不審な車は追ってこない。ちょっと神経過敏になっているようだ。

最上は苦笑いし、ＢＭＷを追った。

綾子の車は二十数分走り、日《ひ》の出《で》桟橋に停められた。ＢＭＷを船会社の駐車場に預けると、彼女は東京港巡《めぐ》りのハーバークルーズの周遊乗船券を買い求めた。

最上はスカイラインを路上に駐め、綾子と同じチケットを購入した。白い周遊船は岸壁に接舷されていた。真冬とあって、乗船客は少なかった。

最上は出航直前にクルーザーに乗り込んだ。周遊船が岸壁を離れてから、客室に入る。

綾子は左舷《さげん》側のシートに腰かけていた。

周囲に人の姿はない。乗船客は二十数人しかいなかった。

クルーザーがお台場《だいば》海浜公園に差しかかると、ハンチングを被《かぶ》った六十年配の男が女社長のかたわらに腰を下ろした。

黒幕なのか。

最上は初老の男に視線を注いだ。男が紙袋からカップ酒を取り出し、綾子に何か言った。綾子は困惑顔《こんわくがお》で首を横に振った。男はきまり悪そうな表情で立ち上がり、別の席に移っていった。

周遊船は、船の科学館のある方向に滑走しはじめた。それから間もなく、綾子がスマートフォンを耳に当てた。

遣《や》り取りは短かった。綾子が座席から立ち上がり、ごく自然に甲板《デッキ》に出た。左舷側だった。甲板で黒幕と落ち合うつもりなのかもしれない。

最上は一分ほど経ってから、甲板に出た。海風は氷のように冷たかった。客室と縁板《ブルワーク》の間に二つの人影が見えた。

ひとりは綾子だ。もう片方は五十六、七歳の男だった。髪は半白《はんぱく》で、上背があった。黒いチェスターコートを着ている。

二人は並んで暗い海面を眺めながら、何か真剣な顔で話し込んでいた。会話は聞こえなかった。最上は少しずつ二人に近づいた。

「おかしな電話をかけてきたのは、東京地検の最上という男だと思うわ」

潮風に乗って綾子の声が最上の耳に届いた。

「その男は、高見沢組の若い衆が手榴弾で噴《ふ》き飛ばしてくれたんじゃないのか？」

「しくじってしまったのよ」

「なんてことなんだ。それで、その検事はどう動こうとしてるんだね？」

「それがよく読めないの。わたしを検挙する気なら、わざわざ揺さぶりの電話なんかかけてこないと思うのよ」

「そうだろうな。敵の狙いは、金なんじゃないか」

「お金⁉ あいつは現職検事なのよ」

「法の番人だって、金の嫌いな人間はいないさ」

男が乾いた口調で言った。

「つまり、口止め料を要求する気なんじゃないかってことね？」

「それで済めばいいが、相手は別のことを考えてるのかもしれないぞ」

「別のことって？」

「たとえば、こちらの非合法ビジネスの儲けの半分をずっと払えとか……」

「そんな条件を呑んじゃ駄目よ」

「もちろん、わたしもそこまでお人好しじゃないさ。口止め料を出す気もないよ。一度でも脅しに屈してしまったら、結局は骨までしゃぶられることになるからな」

「そうでしょうね。もう一度、高見沢組長に最上を葬るよう指示を出す？」

綾子が提案した。

「いや、もう高見沢に頼むのはやめよう。あの男にはいろいろ協力してもらったが、わたしは弱みを見せ過ぎた」

「でも、高見沢はあなたには恩義を感じてるはずよ。『ミラクル』の特別顧問という待遇で、六年間も年に七千万円の顧問料を得られたんだもの。ふつうは総会屋やブラックジャーナリストを追い払うだけで、それだけの高収入は得られないわ」

「しかし、『ミラクル』は九月にとうとう倒産してしまった。民事再生法の適用を申請中だが、もう高見沢は稼げなくなるだろう」

男が言った。『ミラクル』は大手スーパーの一つだったが、一兆円以上の有利子負債を抱えて倒産してしまった。男は『ミラクル』の役員だったらしい。

会社が倒産することを見越して、在職中から非合法生殖ビジネスに手を染めていたようだ。ダーティー・ビジネスのアイディアは、愛人の綾子が出したのだろう。強奪した卵子や精子を使って、代理母に優秀な新生児を産ませ、インターネットで密売すれば、それこそ濡《ぬ》れ手で粟《あわ》だ。

「特別顧問を解任されたら、高見沢は恩人のあなたの手を咬むかもしれないわね？」

「それは考えられるな。わたしは、もう『ミラクル』の常務じゃない。ただの失業者だ。高見沢は、わたしが裏のビジネスでおいしい思いをしてることを知ってる。そのうち、必ず金を無心してくるだろう」

「でも、高見沢はあなたが総務部の部長だったころから、『ミラクル』に出入りしてたわけでしょ？」

「そうだが、高見沢は根っからのやくざだからな。金になることなら、なんだってやるにちがいない。そうじゃなきゃ、組を構えつづけられないだろう」

「ね、どうするの？　高見沢に狙われたら、あなたは丸裸にされちゃうわよ」

「綾子、心配するな。わたしは、もう昔の西館質光《にしだてただみつ》じゃない。『ミラクル』の常務だった時代とは別人になったんだ。受験戦争に勝ち抜いて名門大学から一流商社に入り、『ミラクル』に引き抜かれた。そこそこ出世はしたが、会社が潰《つぶ》れてしまえば、役員でも只の男性《ひと》さ」

「運が悪かったのよ、あなたは」

「その通りなんだろうが、サラリーマン人生は虚《むな》しいもんだ。会社の看板がなくなってしまえば、羽を捥《も》がれた鳥と同じだからね。しかし、このまま死んだようには生きたくない。だから、わたしは敢《あ》えて悪の道を歩くことにしたんだよ。堕落といえば、堕落だろうがね。しかし、わたしは太く短く生きてみたくなったんだ。勤め人時代は去勢された犬のように惨《みじ》めな思いをさせられ通しだったからな」

「男だったら、いつかは狼になるべきよ。優しいだけの男性なんか魅力がないわ。わたしがあなたに魅《み》せられたのは、心のどこかに獣性を秘めてると思ったからよ」

「きみも、ただの女じゃない。交尾した直後に牡《おす》を喰ってしまう牝蟷螂《めすかまきり》にどこか似てる」

「うふふ。ところで、例の検事と高見沢はどうするの？」

「どこかに凄腕の殺し屋《プロ》がいるだろう」

「ええ、きっとね」

綾子が言って、西館に身を寄り添わせた。西館が綾子を抱き寄せ、唇を重ねた。

最上は、そっと客室に戻った。クルーザーは船の科学館をゆっくりと回り込むと、日の出桟橋に戻った。四十五分のクルージングだった。

綾子と西館は帰港寸前に客室に戻り、別々に下船した。先にタラップを降りたのは綾子だった。

最上は西館のすぐ後から下船した。あたりに人影はなかった。

埠頭で、最上は西館を呼びとめた。西館が体ごと振り返る。

「どなたでしょう？」

「東京地検刑事部の最上です」

「えっ」

「甲板《デッキ》での会話は、そっくり聴かせてもらいました。わたしの上着のポケットには、高性能なＩＣレコーダーが入っています。あなたと氏原綾子さんとの遣り取りは録音されてるはずです」

最上は、もっともらしく言った。ポケットの中にICレコーダーなど入っていなかった。

西館が意味不明な言葉を発し、急に走りだした。最上はすぐに追いかけ、西館の背に袈裟《けさ》蹴りを見舞った。

西館が頭から転がり、横に倒れる。最上は走り寄って、西館の腰を蹴った。

「現職検事が暴力を振るってもいいのか」

西館が弱々しく抗議した。

「悪党が善人ぶるなっ。あんたが氏原綾子と組んでやったことは、すべてわかってるんだ。丸山教授や代理母の証言音声を聴きたきゃ、いつでも聴かせてやる」

「本当に、そういう録音音声を持ってるのか？」

「もちろんだ。あんたたち二人と高見沢組の奴らは、いつでも検挙できる」

「…………」

「いわば仲間だった本宮、今野、岸辺、丸山夫妻、梅沢、真純の七人を始末させ、さらに高見沢とこっちも消すつもりだったんだろうが……」

「彼女が、綾子が本宮、今野、岸辺の三人は殺《や》ったほうがいいと言ったんだ」

「梅沢と真純を高見沢に始末させたのは、あんたなんだなっ」

「仕方がなかったんだ。おたくに闇のビジネスのことを嗅ぎつけられたんで、代理母出産を手がけてる梅沢と真純も葬っておかないと、わたしたちも危《ヤバ》いことになると思ったんだよ。丸山夫妻も生かしておくのはまずいと思ったんで、殺し屋の影山に……」

「インターネットで何人の新生児を売った？」

「まだ二十五人だよ」

「平均いくらで売ったんだ？」

「二千万円だよ。できるだけリッチな不妊カップルを選んだんだが、それ以上の値はつけにくかったんでね」

「売上高は五億円か」

「そうだが、いろいろ経費がかかってるんでね、儲けは二億円そこそこだよ。それをそっくり吐き出すから、目をつぶってくれないか」

西館が言いながら、よろよろと立ち上がった。

「たったの二億円で、こっちの口を封じられると思ってるのか。なめるんじゃないっ」

「金を掻き集めて、一億円上乗せしよう。一両日中に三億円用意するから、証言音声をすべて渡してほしいんだ」

「検討してみよう。運転免許証を出せ！」

最上は命じた。西館が懐から運転免許証を抓《つま》み出した。最上は、それを引ったくった。

「裏取引に応じてくれるんだね？」

西館がおずおずと確かめた。

「氏原綾子は、どのくらい出せる？」

「せいぜい一千五百万だろうな。それじゃ、足りないと言うんだったら、綾子をあんたに譲ってもいいよ。彼女は性技に長《た》けてるんだ」

「彼女は、あんたの愛人だろうが！」

「しかし、背に腹は代えられないからな」

「腐った野郎だ。三億円を用意しておけっ」

最上は西館の顔面にストレートパンチを叩き込み、大股で歩きはじめた。

3

内錠が外れた。

最上は万能鍵を鍵穴から引き抜いた。

氏原綾子のオフィスだ。日の出桟橋で西館と別れたのは三十数分前だった。

最上は『不妊治療情報サービス』のドアを静かに開け、事務所に足を踏み入れた。

受付カウンターには誰もいなかった。相談室にも、人の姿はない。

最上は奥に進んだ。綾子はマホガニーの机に向かって、書類に目を通していた。事務所には綾子しかいなかった。

「不用心だな」

最上は声をかけた。

綾子が顔を上げ、目を剝《む》いた。何か言いかけ、言葉を呑《の》んだ。顔面蒼白《そうはく》だった。

最上は執務机の前に立った。

「日の出桟橋で、西館質光と裏取引をしてきたよ」

「あなた、わたしを尾《つ》けてたのねっ」

「そういうことだ。こっちも同じ周遊船に乗って、あんたと西館が甲板《デッキ》で密談してるとこも目撃した」

「最悪だわ」

「おれは連続卵子強奪事件の捜査を進めていくうちに、代理母が産んだ新生児たちがインターネットで売られてる事実を摑んだ。もちろん、西館とあんたが共謀してることも知った。おれは、西館から三億円を口止め料として受け取ることになった」

「わたし、お金はあまり持ってないの。だから、口止め料は体で払わせて」

綾子が立ち上がって、最上に近づいてきた。

「おれと寝たら、西館を裏切ることになるぞ？」

「彼とは、もう別れるわ。わたし、弱い男は好きじゃないの。あなたと組みたいわ。わたしたちがやってた裏ビジネスは、まだまだお金になるはずよ」

「現職検事のおれに非合法ビジネスをやれってか」

「お金、嫌いなの？」

「大好きさ」

「だったら、手を組みましょうよ」

「西館を切ることはたやすいが、あんたたちの秘密を握ってる高見沢組が黙っちゃいないだろう」

「でしょうね。わたしにいい考えがあるの」

「どんな？」

最上は先を促《うなが》した。

「組長の高見沢と若頭の丹羽を消してしまえばいいのよ。わたしが二人をここに呼ぶわよ、ボスの西館を殺して三人だけで新生児密売で儲けようって話で釣ってね」

「悪知恵が働くな。おっかなくて、あんたとは組めない。いつ寝首を掻《か》かれるかもしれないからな」

「わたし、あなたを裏切ったりしないわ。だって、好みのタイプですもの」

綾子が媚《こび》を孕《はら》んだ目で言い、両腕で最上の腰を抱いた。乳房が密着した。弾力性があった。

女の色香に惑《まど》わされた振りをするか。

最上は綾子の顎《あご》を上向かせ、赤い唇をついばみはじめた。すぐに綾子がついばみ返してきた。

ほどなく二人は舌を深く絡《から》め合った。ディープキスを交わし終えると、最上は綾子を突き飛ばした。

「すぐ高見沢に電話して、丹羽と一緒にここに来るよう言うんだ」

「わ、わかったわ」

綾子は執務机の固定電話の受話器を摑み上げた。

最上は近くのソファに腰かけ、煙草に火を点けた。綾子が高見沢と電話で喋りはじめた。

「西館は、あなたと丹羽さんを殺し屋に始末させようとしてるのよ。勘づいてた？」

「………」

「本当よ、嘘じゃないわ。そのうち、わたしも命を狙われることになると思う。西館は例の検事をとても恐れてるの。だから、共犯者をすべて葬って、頬被りする気になったみたいよ」

「………」

「組長が怒るのは当たり前よね。ええ、わたしも頭にきてるの。ね、わたしたち三人で逆襲してやりましょうよ」

「………」

「ええ、そう。殺《や》られる前に、西館を先に始末しちゃえばいいのよ。それで、裏ビジネスは三人でつづけましょ？」

「………」

「嬉しいわ。例の検事？　放っとくわけにはいかないわね」

「………」

「それじゃ、西館と同じように検事の口も封じてちょうだい」

「………」

「こっちには、三時間くらいで来られるでしょ？　ええ、待ってるわ。それじゃ、よろしくね」

通話が終わった。

「名演技だったな」

最上はセブンスターの火を消して、ソファから立ち上がった。

「高見沢組長、丹羽と一緒に車でここに来るそうよ。東名の上りが空いていれば、十時前後には到着するだろうって言ってたわ」

「まだ二時間半もあるな」

「そうね。わたし、週に何度かオフィスに泊まってるの。あなたともっと親しくなりたいわ」

綾子が潤《うる》んだような眼差《まなざ》しで甘く囁《ささや》き、最上の片腕を取った。

「泊まるときは長椅子で寝てるのか？」

「ううん、違うわ。アコーディオン・カーテンの向こうが仮眠室になってるの。ベッドはセミダブルよ」

「なら、二人で横になれるな」

最上はにやつき、女社長のくびれたウエストに腕を回した。据《す》え膳《ぜん》を喰う気になった振りをしたのである。

綾子が最上を奥の仮眠室に導く。

ベージュのアコーディオン・カーテンが横に払われた。セミダブルのベッドには、きちんとベッドカバーが掛けられている。

最上はベッドカバーと寝具を大きくはぐった。綾子がハイヒールを脱ぎ、ブラジャーとパンティーだけになった。

最上は綾子を仰向けに横たわらせ、冷ややかに言った。

「やめておこう。急に気が変わったんだ」

「ばかにしないでよ」

綾子が大声を張り上げ、アコーディオン・カーテンを横に引いた。最上は仮眠室から離れた。

綾子が仮眠室から戻ってきたのは、数十分後だった。身繕いしている。

意外にも表情は険しくない。何か企んでいるのだろう。

「女心を傷つけたかな。高見沢と丹羽をどう始末するか考えたかったんだ」

「拳銃があるわ」

「この部屋に⁉」

「ええ、デトニクスというアメリカ製の自動拳銃がね。半年ぐらい前に六本木の不良外国人から手に入れたの。消音器はないけど、背当てクッションかペットボトルを代用するのよ。そうした物を使えば、かなりの消音効果があるらしいわ」

「怖《こわ》い女だ。弾は何発ある？」

「五発あるわ」

「デトニクスを出してくれ」

最上は言った。

綾子が、執務机の斜め後ろに置かれたスチール・ロッカーに歩み寄った。

最上はソファから立ち上がり、綾子の背後まで歩いた。

綾子がロッカーの中から、ラバークッションに包まれた包みを取り出した。

「見せてくれ」

最上は包みを引ったくった。ラバークッションを開くと、真正銃《しんせいじゅう》のデトニクスとポリエチレン袋に入った五発の四十五口径ACP弾が目に飛び込んできた。

最上はマホガニーの机に浅く腰かけ、マガジンキャッチのリリースボタンを押した。

銃把《グリップ》から弾倉を引き抜き、五発の実包を装塡《そうてん》する。最上はすぐに弾倉をグリップの中に叩き込んだ。

「冷蔵庫の中にペットボトル入りの天然水が三本入ってるわ。背当てクッションは二個ある」

「ペットボトルのほうを使おう」

「そう。ウイスキー、あるわよ。ストレートで二、三杯呷《あお》れば、度胸が据《す》わるんじゃない？」

「酒はやめとこう。不覚をとるかもしれないからな」

「それじゃ、コーヒーを淹《い》れるわ」

綾子がそう言い、シンクに歩み寄った。

最上はソファに腰かけてから、美人社長に話しかけた。

「鈴鹿の闇産院にいた二人の代理母は、どこにいるんだ？」

「高見沢組の組長の自宅にいるわ。それから、冷凍した卵子や精子も高見沢のところにあるの」

「おれの精液は、どうした？」

「使いものにならなかったのよ。あなたを逆レイプした女の子が使用済みのスキンをバッグにしまうとき、ヘアブラシに引っ掛けちゃって中身が洩れてしまったの」

「あの女は看護師なのか？」

「ううん、ここのスタッフよ。気賀真理《きがまり》って名前で、わたしの妹分みたいな娘《こ》ね。真理がザーメン採取班のチーフをやってたの。元AV女優や家出娘を使って、頭のいい男性の子種を集めてたのよ」

「新生児の買い手のリストは、どこにあるんだ？」

「それも高見沢の自宅にあるわ」

綾子が二人分のコーヒーを運んできた。コーヒーを飲みながら、時間を潰した。

最上は九時四十五分になると、アコーディオン・カーテンの向こう側に移動した。デトニクスのスライドを引き、初弾を薬室《チャンバー》に送り込む。ベッドの上には、天然水の入ったペットボトルを二本用意してあった。

事務所のインターフォンが鳴ったのは十時十分ごろだった。

綾子が受話器を取った。来訪者は高見沢と丹羽だった。綾子が二人を事務所の中に請《しよう》じ入れる。

最上はデトニクスの銃口にペットボトルの口を当て、肩でアコーディオン・カーテンをずらした。すぐ近くに丹羽がいた。そのかたわらには、口髭《くちひげ》を生やした男が立っている。高見沢だろう。

「おみゃあは！」

丹羽が驚きの声をあげた。口髭の男が腰の後ろから白鞘《しらさや》を引き抜いた。

「二人とも、ゆっくりと腹這《ば》いになれ。逆《さか》らったら、撃ち殺す！」

最上は大声で威《おど》した。二人の男は渋々、命令に従った。

「高見沢だな？」

最上は床の短刀を足で横に蹴って、口髭の男を正視した。

「そうだよ。おみゃあ、最上だなっ」

「当たりだ」

「これはどういうことなんでえ？」

高見沢が綾子に顔を向けた。

「わたし、検事さんと手を組むことにしたのよ」

「なんやって⁉」

「二人とも拳銃を持ってるんでしょ？」

綾子が屈《かが》んで、高見沢と丹羽の体を探った。すぐに彼女は首を横に振った。

「麻酔注射はあるか？」

「ええ、あるわ」

「それじゃ、先に丹羽を眠らせてくれ」

最上は言った。綾子が机に走り寄り、引き出しの中から麻酔アンプルと注射器セットを取り出す。

「おみゃあたち！」

丹羽が両腕を突っ張らせて、立ち上がる素振りを見せた。最上はペットボトルの底を丹羽に近づけた。

「死にたくなかったら、床に這ってろ」

「くそっ」

丹羽が指示に従った。

綾子がアンプルの溶液を注射針で吸い上げ、丹羽のそばに屈んだ。手早く彼女は、丹羽を麻酔で眠らせた。

「ご苦労さん。さて、次はそっちが裸になる番だ。素っ裸になって、ベッドに仰向けになるんだ」

「な、何を言ってるの!? 正気でそんなことを言ってるのっ」

「もちろん、正気さ。高見沢にあんたを姦《や》らせる」

「わ、わたしを騙《だま》したのね」

「そういうことだ。早くしろ！」

最上はペットボトルのキャップに銃口を押し当て、一気に引き金を絞った。

くぐもった銃声がし、ペットボトルから水が飛び散った。

綾子が悲鳴を放ち、その場にしゃがみ込んだ。高見沢は全身を強張《こわば》らせた。

最上はベッドの上から天然水の入ったペットボトルを摑み上げ、銃口に密着させた。

「裸にならなきゃ、そっちを撃つことになるぞ」

「わかったわよ」

綾子が不貞腐《ふてくさ》れた顔で言い、着ているものをかなぐり捨てた。それから彼女は最上を睨みつけ、ベッドの上に仰向けになった。

「おれの目の前で、女社長をレイプしろ。その女は、おれにあんたと丹羽を殺《や》らせる気だったんだ」

「おみゃあ、正気なのかっ」

「正気さ。女社長とナニしなかったら、あんたはここで死ぬことになる」

「癪《しやく》だが……」

高見沢は起き上がり、スラックスとトランクスを一緒に脱いだ。すぐにベッドに這い上がり、綾子の両脚を掬《すく》い上げる。

高見沢の視線は、赤く輝く秘部に注がれた。いくらも経たないうちに、彼の分身は力を漲《みなぎ》らせた。

「男をコケにしくさって」

高見沢が乱暴に体を繋ぎ、綾子の両腿を肩に担《かつ》ぎ上げた。綾子が痛みを訴えた。かまわず高見沢は突きまくりはじめた。

最上はペットボトルと自動拳銃をコーヒーテーブルの上に置き、上着の左ポケットからスマートフォンを取り出した。

淫らな動画を撮《と》っておけば、高見沢も綾子も自分のことを警察にもマスコミにもリークできなくなるだろう。要するに保険を掛けたわけだ。

最上はほくそ笑んで、ベッドサイドに寄った。

4

コーヒーテーブルに札束を積み上げた。

かなり量感があった。昨夕、西館から受け取った預金小切手を最上は数時間前に現金化したのである。自宅マンションだ。

最上は、帯封の掛かった百万円の束を撫《な》ではじめた。高見沢たちを罠に嵌《は》めてから四日目の夕方だった。

そのとき、不意に西館の悲鳴が耳に蘇《よみがえ》った。

きのうの暮れ方、最上は渋谷の雑居ビルの屋上で三億円の預金小切手を受け取った。西館は最上が音声データを持っていないことを知ると、自滅覚悟で警察に行くと喚《わめ》いた。

最上は西館を黙らせたくて、隠し持っていたデトニクスをちらつかせた。すると、西館は非常階段に逃れた。

警察に駆け込まれたら、深見組の組員たちを堅気にしてやることができなくなる。最上は西館を追った。すでに西館は鉄骨階段を降りはじめていた。

最上はステップを駆け降り、西館の背を思うさま蹴った。少しもためらわなかった。

西館は階段から転げ落ち、踊り場に倒れた。首の骨が折れて、奇妙な形に捩《ねじ》曲がっていた。

最上はデトニクスをベルトの下に差し込み、踊り場まで駆け降りた。西館の手首を取ってみた。脈動は熄《や》んでいた。

西館の悲鳴の残響が、いまも耳の奥から離れない。後味の悪い殺し方だったが、やむを得ない選択だろう。

せしめた三億円は明日にでも外国の銀行に預ける予定だ。

最上は二つのジュラルミンケースに一億五千万円ずつ詰めた。

ジュラルミンケースを物入れの奥に収めたとき、ドア・ポストに何かが投げ込まれた。

最上は玄関に足を向けた。

ドア・ポストには、茶色のクッション封筒が入っていた。封印されていたが、宛名も差出人名もなかった。

最上は、クッション封筒の封を切った。中身は一枚のDVDだった。最上はDVDを再生してみた。

映像を観《み》た瞬間、思わず声をあげてしまった。なんと西館を非常階段から蹴落とすシーンが鮮明に映し出されていた。

高見沢か、氏原綾子が誰かに盗み撮りさせたのか。どちらも疑わしい。

最上はDVDを停止させた。プレイヤーからDVDを引き抜き、クッション封筒に戻した。ちょうどそのとき、サイドテーブルの上に置いてあるスマートフォンが着信音を刻みはじめた。最上はクッション封筒をテレビの上に置き、サイドテーブルに歩み寄った。

スマートフォンを耳に当てると、聞き覚えのない男の声が流れてきた。

「届けたDVD、もう観たか？」

「高見沢組の者か？　それとも、氏原綾子に頼まれたのかっ」

「おれは綿引伸哉の代理人だよ。おたく、西館質光から巨額の口止め料を脅し取ったよな。綿引は、届けた映像のデータを一億円で売りたがっている。おたくは、この取引を断れねえよな。断りゃ、殺人罪で逮捕《パク》られるからさ」

「妙な言いがかりをつけるなっ」

最上は電話を切った。

綿引が強請《ゆすり》を働くとは考えにくい。何者かが綿引を陥《おとしい》れようとしているのだろう。敏腕刑事を逆恨《さかうら》みしている人物を洗えば、脅迫者を割り出せそうだ。

最上は警視庁捜査一課に電話をかけた。

あいにく綿引は外出中だった。最上は正体を明かし、綿引のスマートフォンの番号を教えてもらった。すぐにコールしたが、先方の電源は切られていた。

最上は、ふたたび警視庁捜査一課に電話をした。電話口に出たのは顔馴染《なじ》みの捜査員だった。

「綿引《ワタ》さんを逆恨みしてる奴はいませんかね」

「何かあったんですか？」

「知人が綿引《ワタ》さんの代理人と称する奴にちょっとした脅しをかけられたんですよ。その男は根も葉もない話をネタにして、金を出せと仄《ほの》めかしたというんですよ」

「検事、その事件《ヤマ》のことを詳しく教えてもらえませんか」

相手が言った。

「実は知人というのは、法務省のお偉いさんなんですよ。それで、こっちに秘密裡《ひみつり》に脅迫者を捜してくれないかと言ってきたんです」

「そうなんですか。その事件に関係があるかどうかわかりませんが、綿引が八年前に逮捕《パク》った殺人犯が先月、出所しました。そいつは自分の罪を棚に上げて、綿引の取り調べがきつかったと担当検事にしつこく訴えてたんです」

「そいつが綿引《ワタ》さんに濡衣《ぬれぎぬ》を着せようとしてるのかもしれないな」

「そうなんですかね？」

「参考までに、その男のことを教えてくれませんか」

最上は言った。

捜査員が短く迷ってから、元殺人囚のことを喋った。出所したばかりの男は橋口明夫《はしぐちあきお》という名で、四十九歳だった。

逮捕時は池袋の性風俗店の店長だったという。橋口は酔った客と揉め、相手を撲殺してしまったという話だった。居所はわからないらしい。

最上はベテラン刑事に礼を言って、電話を切った。ほとんど同時に、着信音が鳴った。

「気の短い奴だ」

さきほどの男が開口一番言った。

「あんた、橋口明夫じゃないのか？」

「えっ」

「やっぱり、そうか」

「おれは石戸《いしど》ってんだ」

「うろたえてるな。こっちは脅しには屈《くつ》しないぞ」

「おたく、露木玲奈に惚《ほ》れてんだろ？」

「まさか彼女を……」

最上は頭の中が真っ白になった。

「おたくの彼女、おれが預かってる。いい女だな。抱きたくなるよ」

「ブラフだな？　玲奈が拉致されるはずはない」

「はったりじゃない。待ってな。いま、女の声を聴かせてやる」

脅迫者が沈黙した。待つほどもなく玲奈の声が響いてきた。

「僚さん！」

「いつ拉致されたんだ？」

「一時間ぐらい前よ。職場を出たとき、いきなり犯人にナイフを脇腹に突きつけられて……」

「そこは、どこなんだ？」

「わからないわ。倉庫みたいな所に、両手をロープで縛られて閉じ込められてるの」

「何かされたのか？」

「おかしなことは何もされてないわ」

「犯人はひとりなのか？」

「ええ。四十八、九の色の浅黒い奴よ」

「もう少し辛抱してくれないか。必ず救《たす》け出す。犯人と替わってほしいんだ」

最上は言って、大きく息を吸った。怒りを鎮《しず》め、冷静な判断をしたかったのだ。

「一億円出す気になったかい？」

脅迫者が問いかけてきた。

「ああ、くれてやる」

「銭《ぜに》よりも、好きな女のほうが大事か」

「当然だろうが！　どこで取引をする？」

「渋谷の宮益坂上《みやますざかうえ》の歩道橋、わかるか？」

「ああ」

「それじゃ、午後八時に歩道橋の真ん中で待ってろ。露木玲奈を連れていくよ。もちろん、例の映像データを持っていく。おたくは、スポーツバッグか何かに一億円を詰めて持ってこい！」

「わかった」

「言うまでもないことだが、妙な気を起こしたら、その場で人質を刺すぜ」

「金はすんなりくれてやる」

「素直だな。それから、ちょっと注文があるんだ」

「注文？」

「ああ。ちょっぴり寒いだろうが、半袖のＴシャツだけで上着もコートも着るな。ズボンは穿《は》いたままでいい」

「おれが武器を持っていくとでも思ってるようだな。安心しろ。丸腰で行くから」

「おれは疑い深い性格なんだよ。とにかく、上はＴシャツ一枚で来い。いいな！」

「くそったれ」

最上はいったん通話を切り上げ、すぐに代貸の亀岡に電話をかけた。

手短に経過を説明し、犯人の塒《ねぐら》を突きとめるよう頼んだ。

「若、その野郎から金を取り戻せばいいんですね？」

「いや、犯人の住まいを突きとめるだけでいいんです。そいつをわざと泳がせて、共犯者の正体を摑みたいんだ」

「そういうことなら、自分が犯人を締め上げて共犯者《レツ》の名を吐かせますよ」

「亀さん、そいつはやめてください。犯人におれの裏仕事のことを教えたのは、危険な人物かもしれないんでね」

「脅迫者の後ろにゃ、高見沢組の組長がいるんですか？」

「それは、まだ何とも言えないんですよ。とにかく、犯人の家《ヤサ》を突きとめるだけにしてくれますか」

「承知しました。犯人の塒がわかったら、すぐ若に連絡します」

亀岡が先に電話を切った。

最上は腕時計を見た。まだ午後七時前だった。

物入れからジュラルミンケースを取り出し、青いスポーツバッグに一億円を詰め替えた。持ち上げてみる。ずしりと重い。

最上はスポーツバッグを床に置き、寝室で着替えに取りかかった。

黒い半袖Tシャツの上に同色のタートルネック・セーターを着込み、薄茶の鹿革ジャケットを羽織る。下はオフホワイトのチノクロスパンツにした。

氏原綾子からせしめたデトニクスは、ベッドサイドテーブルの引き出しの奥に隠してある。最上は自動拳銃を取り出し、鹿革ジャケットの右ポケットに突っ込んだ。

金の受け渡し場所にデトニクスを携帯していく気はなかった。後で、車のグローブボックスに移すつもりだ。

最上はリビングソファに腰かけ、セブンスターをたてつづけに二本喫った。逸《はや》る気持ちを少し鎮めることができた。

早目に出かけたほうがいいだろう。

最上は一億円入りのスポーツバッグを提《さ》げ、玄関に向かった。アンクルブーツを履《は》き終えたとき、神崎恵美から電話がかかってきた。

「その後、何かわかりました？」

「ようやく一連の事件の背景が透けてきました。陰謀の全容を摑んだら、あなたに報告しますよ」

「そうですか。それでは、ご連絡を待っています」

「それじゃ、そういうことで」

最上は通話を切り上げ、そのまま部屋を出た。エレベーターで地下駐車場に降り、スカイラインの助手席に青いスポーツバッグを置く。

最上は運転席に乗り込み、デトニクスをグローブボックスの奥にしまった。エンジンをかけ、暖房の設定温度を高める。

玲奈、もう少し待っててくれ。最上はマイカーを走らせはじめた。

市ヶ谷《いちがや》方向に進み、五番町の裏通りから紀尾井町《きおいちょう》に抜ける。青山通りに入り、渋谷方面に走った。

宮益坂上の歩道橋に着いたのは七時四十分ごろだった。

歩道橋のそばには、流行遅れのツイードのコートを着た亀岡が立っていた。代貨は人待ち顔を装い、通行人に目を向けている。なかなかの名演技だ。

最上はスカイラインを歩道橋から七、八十メートル下った路上に停止させた。ハザードランプを明滅させ、紫煙をくゆらせる。八時五分前に鹿革ジャケットと黒いタートルネック・セーターを脱いだ。

一億円入りのスポーツバッグを手にして、車を降りる。寒さが身に沁《し》みた。半袖Tシャツ一枚の最上を見て、通行人たちが一様《いちよう》に驚きの色を浮かべた。無理もない。この寒空だ。

最上は歩道橋の階段をゆっくりと上がった。ごく自然に周囲を見回してみたが、玲奈と犯人の姿は目につかなかった。

最上は歩道橋の中央にたたずんだ。剝《む》き出しの両腕に寒風が突き刺さる。猛烈に寒い。全身が震えはじめた。

最上はスポーツバッグを足許に置き、両腕を組んだ。肩を丸め、足踏みをする。

三分ほど待つと、青山寄りの階段の方から一組の男女が歩いてきた。

女は玲奈だった。玲奈は、焦茶《こげちゃ》のハットを被った四十八、九歳の男に片腕を摑まれていた。

最上は二人に向き直った。

二人が立ち止まった。最上は玲奈と目でうなずき合った。

玲奈は割に元気そうだった。ひと安心する。

「バッグの中を見せてくれ」

ハットの男が最上に声をかけてきた。玲奈の片腕を捉《とら》えたままだった。

最上は屈《かが》み込み、青いスポーツバッグのファスナーを引いた。札束が顔を出した。

「ちゃんと一億円入ってるよ」

「ファスナーを閉めて、スポーツバッグをおれの足許に置け！」

男が命じた。

最上は言われた通りにした。男がハーフコートの内ポケットから、剝き出しのＤＶＤを取り出した。最上はそれを受け取り、玲奈を引き寄せた。玲奈が全身でしがみついてきた。小刻みに震えていた。

「もう大丈夫だ。迷惑かけたな」

「ううん、気にしないで」

「コピーしてないな？」

最上は犯人に確かめた。

「おたくの部屋に届けたＤＶＤしかコピーしてねえよ」

「あんた、橋口明夫だなっ」

「そうだよ」

男がにやりと笑い、スポーツバッグを持ち上げた。そのまま後ろ向きに退《さ》がり、急に身を翻《ひるがえ》した。歩道橋の階段を駆け降り、走って逃げていく。

亀岡が小走りに橋口を追いかけはじめた。

「犯人を追わなくてもいいの？」

「ちゃんと段取りはつけてあるよ」

最上は玲奈をスカイラインに導《みちび》いた。玲奈を助手席に坐らせ、急いでタートルネック・セーターを着る。

「怕《こわ》かったわ」

玲奈が上体を捻《ひね》って、最上に縋《すが》りついてきた。最上は玲奈をきつく抱きしめた。

エピローグ

着信ランプが灯《とも》った。

最上は片手運転しながら、スマートフォンをスピーカーモードにした。ほんの少し前に、玲奈を代々木上原の自宅マンションに送り届けたばかりだった。

「若、自分です」

亀岡だった。

「脅迫者の塒《ねぐら》を突きとめてくれたんですね？」

「ええ。野郎は橋口明夫って名で、中野区上高田《かみたかだ》一丁目の『上高田コーポラス』って三階建てのマンションに住んでました。部屋は一階の一〇四号室です」

「亀さん、橋口はひとりで暮らしてる様子でした？」

「いや、二十歳《はたち》そこそこの色白の若い男と暮らしてるようです。ベランダに若い奴向きのデニムシャツが干してありましたんで、間違いねえでしょう」

「橋口は息子と暮らしてるんだろうか」

「倅《せがれ》って感じじゃなかったな。これは自分の勘なんですが、橋口って野郎にゃ男色趣味があるのかもしれません」

「美青年は恋人ってわけか」

「なんとなくそんな気がしたんですよ。橋口って野郎、迎えに出た若い男に妙に優しい声で『ただいま』なんて言ったんです。坊やのほうも、甘ったれた喋り方をしてました。それで、二人はデキてんじゃないかと思ったわけです」

「亀さんの直感は当たってるのかもしれないな。ところで、橋口の部屋に訪問者は？」

「いまんとこ、誰も橋口を訪ねた者はいません」

「そう。亀さん、もう引き揚げてください」

「いいんですかい。橋口って奴、銭を持って高飛びするかもしれませんぜ」

「それじゃ、おれが上高田に行くまで張り込みをつづけてもらえますか」

「わかりました」

「三十分前後で、そっちに着くでしょう」

最上は電話を切って、運転に専念した。最短コースを選んで、目的地に急ぐ。

『上高田コーポラス』を探し当てたのは三十数分後だった。

低層マンションの斜め前に、黒塗りのクラウンが見える。深見組の車だ。最上はクラウンのすぐ後ろにスカイラインを停めた。

そのとき、クラウンから亀岡が出てきた。最上はパワーウインドーのシールドを下げた。

「若、二十分ほど前に猫背《ねこぜ》の五十年配の男が一〇四号室に入っていきました」

「その男は、まだ橋口の部屋にいるんですね？」

「ええ。さっき一〇四号室のドアに耳を近づけてみたんですが、どうも三人で酒盛りをしてるようでした」

「そうですか」

「若、二人で部屋に押し入りましょうや」

「いや、後はこっちの仕事です。亀さんはもう家に戻ってくれませんか」

「しかし……」

「心配ありませんよ。今夜はここで張り込んで、橋口の共犯者のことを探るだけですので」

「そういうことでしたら、自分は先に引き揚げさせてもらいます。何かあったら、すぐに電話をくださいね」

亀岡が言って、クラウンの中に戻った。最上はパワーウインドーのシールドを上げた。クラウンがゆっくりと遠ざかっていった。

最上はグローブボックスからデトニクスを取り出し、ベルトの下に差し込んだ。静かに車を降り、低層マンションまで歩く。

『上高田コーポラス』の敷地に足を踏み入れたとき、一〇四号室のドアが開けられた。

とっさに最上は物陰に隠れた。橋口の部屋から現われたのは、なんと私立探偵の泊栄次だった。泊は青いスポーツバッグを提《さ》げていた。

橋口に情報を流していたのは、泊だったのか。おそらく泊が脅迫材料の映像をこっそり撮ったのだろう。一億円は橋口と山分けしたにちがいない。

最上は腰の後ろに手をやった。デトニクスを引き抜き、スライドを滑らせる。

泊が近づいてきた。

最上は泊の行く手に立ち塞《ふさ》がった。泊が驚きの声を洩らし、立ち竦《すく》んだ。

「スポーツバッグの中には、五千万円が入ってるんだな？」

「旦那、何わけのわからないことを言ってるんです？」

「白々しいぞ。おれは、あんたが橋口明夫の部屋から出てくるとこを見てたんだよ」

「えっ⁉」

「橋口とつるんで、おれから一億円せしめたなっ」

最上は泊の肩口を摑み、自動拳銃の銃口を脇腹に突きつけた。

「か、勘弁してください。つい魔が差したんです。ずっと年下の旦那にいつも使いっ走り扱いされてきたんで、ちょっと面白くなかったんですよ」

「おれを尾行して、例の映像を撮ったんだな？」

「は、はい」

「橋口とはどういうつき合いなんだ？」

「あいつが事件を起こす前に、よく池袋の居酒屋で顔を合わせてたんですよ。それで、先日、街で八年ぶりにばったり会ったんです。橋口も金に困ってる様子だったんで、旦那のことをちらりと話したんですよ。そうしたら、肚《はら》を括《くく》れば、旦那から銭を引き出せるじゃないかと奴が悪知恵を授《さず》けてくれたんです。それで、つい……」

「橋口と一緒に暮らしてる美青年は何者なんだ？」

「このマンションの家主のひとり息子です。足利《あしかが》って名なんですが、異性よりも同性のほうが好きみたいですね。橋口は男一本槍ですから、足利といい仲になったんですよ。で、足利の部屋に転がり込んで、ちゃっかり自分の名前を表札に掲《かか》げちゃったというわけです」

「二人は酒を飲んでるのか？」

「そろそろ切り上げて、ベッドインしてるんじゃないのかな。二人が流し目をくれ合いはじめたんで、わたし、早々に退散してきたんですよ。五千万円は旦那にお返しします。残りの五千万円は、橋口の部屋にあります」

泊がそう言い、青いスポーツバッグを差し出した。最上はスポーツバッグを受け取り、泊の体を反転させた。

「検事、もう赦《ゆる》してくださいよ」

「いいから、歩くんだっ」

「まいったなあ」

泊が足を踏みだした。

最上はデトニクスをベルトの下に差し込み、右手でポケットから布手袋を摑み出した。

一〇四号室に着いた。最上はスポーツバッグを足許に置き、両手に布手袋を嵌《は》めた。万能鍵を使って、ドア・ロックを解除する。

「そっちがドアを開けるんだ」

最上は片手でスポーツバッグを持ち、片手で自動拳銃を握った。

泊が静かにドア・ノブを引いた。最上は泊を先に部屋に入らせ、自分もすぐ室内に身を滑り込ませた。間取りは1DKだった。

奥のベッドの上で、橋口と美青年が絡み合っていた。二人とも素っ裸だ。

泊が空咳《からぜき》をした。それで、ようやく橋口たちは侵入者に気づいた。

最上はデトニクスを左手に移し、鹿革ジャケットのポケットからスマートフォンを取り出した。

レンズをベッドの二人に向け、シャッターボタンをタップする。橋口がベッドの下から羽《う》毛《もう》掛《かけ》蒲《ぶ》団《とん》を摑み上げ、それで自分と足利の下半身を覆い隠した。

「橋口ちゃん、おとなしく五千万円を最上の旦那に返したほうがいいよ」

泊が言った。

「なんてこったい」

「おい、金はどこにある？」

最上は橋口にデトニクスの銃口を向けた。

橋口が口を開く前に、足利が隅にある黒いリュックサックを指さした。

美青年の顔面は恐怖で引き攣《つ》っていた。橋口が肩を落とした。

「リュックサックに入ってる札束をそっくりスポーツバッグに移せ！」

最上は泊に命じた。泊は従順だった。

「目をつぶれ」

「旦那、何を考えてるんです？」

「早く言われた通りにしろ」

最上は声を張った。

泊が目を閉じる。最上は泊の両方の頰をきつく挟みつけ、手早く顎《あご》の関節を外した。

泊が頽《くずお》れ、フローリングの上をのたうち回りはじめた。涎《よだれ》を垂らしている。

「おれが悪かった。謝るよ。金は返したんだから、もういいじゃねえか」

橋口がベッドの上で言った。最上は薄く笑って、ベッドに歩み寄った。

立ち止まるなり、デトニクスの銃把《じゅうは》で橋口の頭部を強打した。橋口は唸《うな》りながら、美青年の胸の上に倒れ込んだ。足利が橋口の名を大声で呼びはじめた。

「邪魔したな」

最上は美青年に言って、自動拳銃を腰の後ろに戻した。札束の詰まったスポーツバッグを持ち上げ、悠然と一〇四号室を出る。

最上はスカイラインを自分の塒《ねぐら》に向けた。自宅マンションに帰りついたのは三十数分後だった。部屋の前に、コート姿の綿引刑事が立っていた。いかにも寒そうだった。

何か危《ヤバ》い証拠を握られたのか。最上は内心穏《おだ》やかではなかったが、綿引ににこやかに笑いかけた。

「待った甲斐がありました。あと五分待っても検事殿が帰宅されなかったら、今夜は引き揚げようと考えてたんです」

「おれによっぽど大事な用があるようですね？」

「ええ、まあ」

綿引が謎めいた笑みを浮かべた。最上は綿引と向かい合った。

「とりあえず、おれの部屋に入りましょう」

「いいえ、ここで結構です。検事殿にある物をお渡しするだけですので」

「ある物って？」

「これです」

綿引がページュのコートのポケットから、身分証明書を抓《つま》み出した。それは、最上の物だった。

「検事殿のおかげで、わたしは焼き殺されずに済みました」

「それ、どこにあったんです？　どこで失《な》くしたか思い出せなかったんですよ」

「名古屋市郊外の人里離れた一軒家の庭に落ちていました。検事殿、もうとぼけなくても結構ですよ。いま、あなたをどうこうする気はありませんので」

「……………」

「ついでに申し上げておきましょう。明日、氏原綾子を殺人教唆《きょうさ》容疑で逮捕します。綾子がどこまで吐いてくれるかが楽しみです。今夜は命を救っていただいたお礼に伺ったわけです」

「綿引《ワタ》さん、何か勘違いしてるんじゃないのかな。おれ、名古屋市郊外のそんな場所に行った憶《おぼ》えはありませんよ」

「それじゃ、検事殿の身分証明書に羽が生えて、勝手に火災現場まで飛んでいったんでしょうね」

綿引は最上の掌《てのひら》に身分証明書を載《の》せると、大股でエレベーター乗り場に向かって歩きだした。

最上は綿引を無言で見送り、額の冷や汗を手の甲で拭《ぬぐ》った。手の甲は、ぐっしょりと濡れた。

氏原綾子が空とぼけてくれることを祈ろう。最上は自分の部屋に入って、胸を撫で下ろした。

二〇〇二年十二月　祥伝社文庫刊

光文社文庫

猟《りょう》犬《けん》検《けん》事《じ》　堕《だ》落《らく》

著者　南《みなみ》　英《ひで》男《お》

2024年7月20日　初版1刷発行

発行者　三宅貴久
印刷　堀内印刷
製本　ナショナル製本

発行所　株式会社　光文社
〒112-8011　東京都文京区音羽1-16-6
電話　(03)5395-8147　編集部
8116　書籍販売部
8125　制作部

落丁本・乱丁本は制作部にご連絡くだされば、お取替えいたします。
ISBN978-4-334-10366-8　Printed in Japan

組版　萩原印刷